十一月のマーブル

戸森しるこ

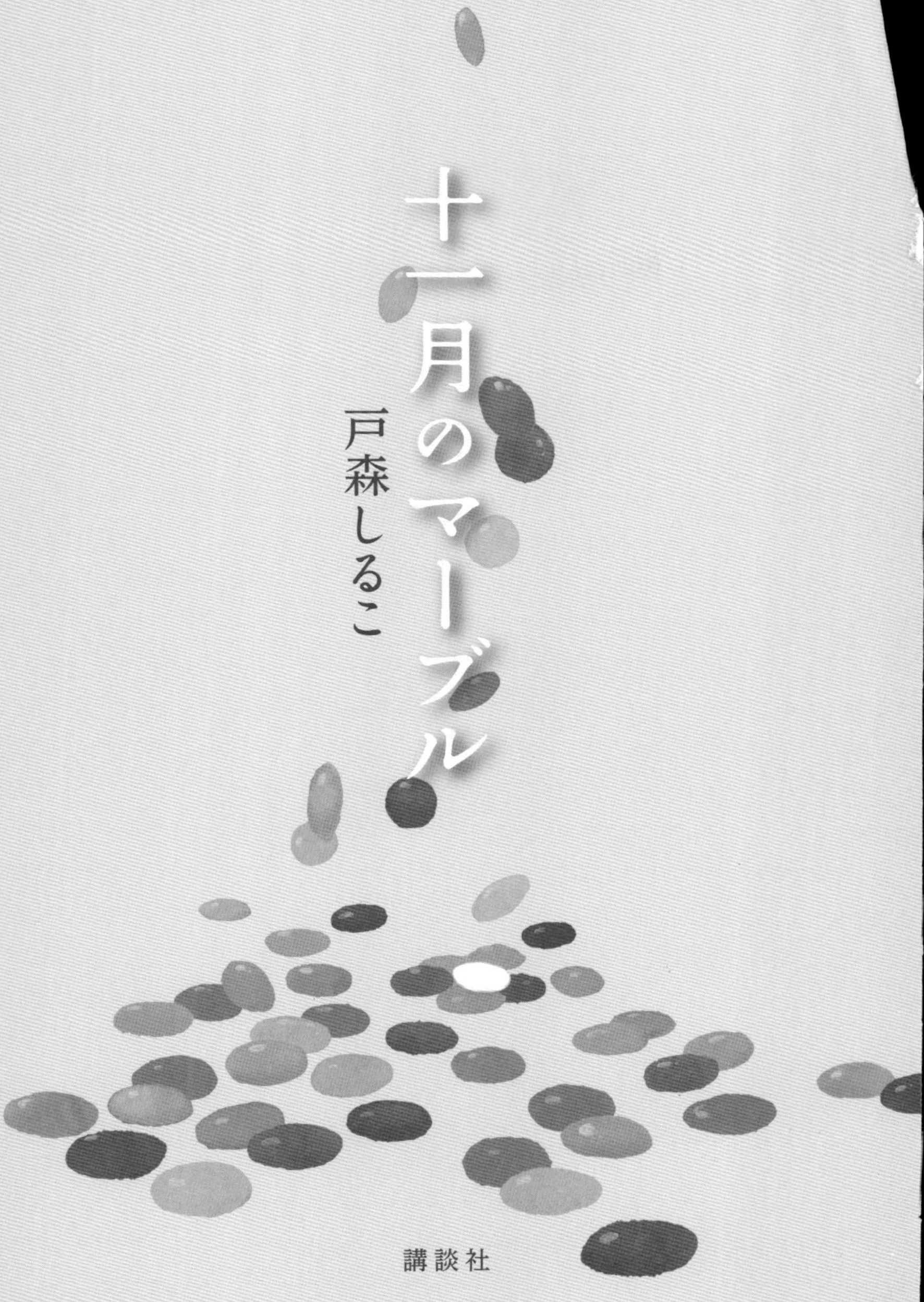

講談社

十一月のマーブル

プロローグ

駅の自動改札機は、どうして右側でしか「ピッ」とできないんだろう。

小一ではじめて通学用の定期券《ていきけん》を持ったとき、ぼくはそんなふうに疑問《ぎもん》に思った。

左手で磁気《じき》カードを出して、右側にタッチ。右ききの人にはわからないだろうけど、やりにくいったらない。

自動販売機《はんばいき》も、そう。お金を入れる部分は、どういうわけかかならず販売機の右側にある。だから左ききの人は、お金を入れてから体を移動《いどう》させなきゃならない。

ほかにもいろいろあるんだ。左きき用のハサミを探《さが》さなきゃならないとか、急須《きゅうす》がうまく使えないとか、ノートに横書きで文字を書くと、手がいつのまにか真っ黒になっているとか、不便のオンパレード。

誕生日《たんじょうび》に友だちからもらったリングノートは、文字を書くときにリングがじゃまで、マジで使えない。ノートをくれたその友だちは、もちろん右ききだった。リングが障害物《しょうがいぶつ》になるだなんて、きっと想像《そうぞう》もできなかったにちがいない。

だけど、ぼくたちはわかっている。

しょうがないんだよね。どうにもならないこともある。なんてったって、少数派《しょうすうは》なんだから。

それに、わるいことばかりってわけでもない。ときどきいうだろ？　左ききは天才型だとか、個性的《こせいてき》だとか。

それに、まわりに左ききのやつを見つけると、それだけでわかりあえたような気分になれる。クラスにもうひとり左ききの女子がいたときは、それだけですごくうれしかった。

ぼくたちだけ、ちがうね。

そんな優越感《ゆうえつかん》。きっと右ききの人には永遠《えいえん》にわからない。


そんな小さな絶望《ぜつぼう》と希望の波をくり返し、ぼくは小学生時代を過《す》ごした。

小六の十一月は、ぼくにとって特別な月。おそらく、とうさんにとっても。

あのときぼくがあの葉書を見つけなければ、あの十一月はまったくちがうものになっていたと思う。

とうさんが資料《しりょう》をわすれなければ。コーヒーが切れていなければ。あの日がスミさんの出勤日《しゅっきんび》だったなら。あるいは、予定どおりレンとゲームで遊んでいれば、とうさんはぼくを無理に外出させなかったかもしれない。

そんなふうにいくつもの「もしも」を想像《そうぞう》してみても、それはまったく意味のないこと。すぎてしまったことは、もうどうにもならないんだから。

いくつもの偶然《ぐうぜん》が重なりあい、人と人とが影響《えいきょう》を与《あた》えあって、人生は進んでいく。

たとえばそれが真っ白な一枚《まい》のキャンバスだとしたら？

キャンバスに描《えが》く絵は、その人の個性《こせい》や生きかたになる。

ひとつの色ではとても表すことができないし、とても複雑《ふくざつ》で、他人が見たら理解《りかい》できないことだってあるだろう。

スタート地点からの描《か》き直しは不可能《ふかのう》だけど、そこからよりよい絵に変えていく工夫《くふう》はできる。絵の具が尽《つ》きるまで、何度でも。


ねぇ、凪《なぎ》さん。

この世の中に、そっくりおなじ絵は一枚《まい》もないって知ってた?

でも、もしもどこかにすごく似《に》た絵があったとしたら、興味《きょうみ》をひかれて見てみたいって、そう思うかもしれないよね。

ちょうどあのころのぼくたちみたいにさ。

1 とうさんの書斎《しょさい》で

自動改札機にカードをかざすと、「ピコーン」と警告音《けいこくおん》がして、駅に閉《と》じこめられた。

その瞬間《しゅんかん》、ぼくはある物語を思い出した。旅の途中《とちゅう》で切符《きっぷ》をなくして、駅の外に出られなくなってしまった子どもの話だ。

ずいぶんむかしに、とうさんが読んでくれた本だったと思う。だけど肝心《かんじん》の結末が思い出せない。駅から出られなくなった子どもは、最後にどうなったんだっけ。

いや、今はそれどころじゃない。

九月から半年分の通学定期券《ていきけん》は、まだ二か月しか使っていない。ってことはつまり、有効《ゆうこう》期限《きげん》がすぎたわけじゃない。そうじゃなくて、きちんとタッチできなかっただけだ。

「すいません。ごめんなさい」

後ろのおばさんにあやまりながら、ぼくは後ずさり。もう一度、今度はカードを左手に持ちかえて、正しくタッチした。やっぱりきき手じゃないと失敗するんだな。

ぼくはほっと息を吐《は》いて、家までの道を歩きはじめた。

タッチに失敗したのが、きき手のせいだけじゃないってことは、わかっていた。考えごとをしていたせいだ。

ぼくは友だちのレンのことを考えていた。今日、レンが学校を休んだのだ。めったなことでは休まない、あのレンが。


「うちの親、離婚《りこん》決まったから」

一か月前、なんでもないことのようにそう報告《ほうこく》してきたレンは、マジでかっこよかったし、男らしいなぁって感心したんだ。

あることがきっかけで、ぼくたちは五年のときに仲よくなった。レンは本とゲームが好きで、クラスでは一匹狼《いっぴきおおかみ》タイプって思われている。よくいえばクール。わるくいえば無愛想。レンはぼくの親友だ。

きのうの日曜日、レンはおかあさんの実家に引《ひ》っ越《こ》しをしたはずだ。

レンが学校を休まなければ、今日の放課後、うちでゲームをして遊ぶ約束だった。

レンは明日《あした》、学校に来るだろうか。あいつが学校を休むなんて、離婚《りこん》っていうのは、ぼくが想像《そうぞう》しているよりも、ずっと大変なことなのかもしれない。

だけど実をいうと、ぼくも離婚にまったく縁《えん》がないわけじゃなかった。なぜなら、うちのとうさんも離婚の経験者《けいけんしゃ》だから。

ぼくはそのことをレンに伝えそびれてしまっていた。

胸《むね》のあたりがもやもやしているのは、たぶんそのせいなんだ。

鍵《かぎ》を開けて家の中に入ったとたん、電話の音が鳴《な》り響《ひび》いた。

ぼくはランドセルを玄関《げんかん》において、リビングに走った。自慢《じまん》じゃないけど、リビングまではけっこう遠い。

ろうかを走りぬけてリビングに到着《とうちゃく》すると、電話は留守電《るすでん》に切りかわってしまった。ディスプレイには「父」の一文字。留守電メッセージが流れはじめる。「柴田《しばた》です。現在《げんざい》留守に、」

「しておりません」

ぼくは受話器をとってそういった。

「あっ、おれ、おれ」

オレオレ詐欺《さぎ》かよ。そうつっこみたかったけど、とうさんの声がかなりあわてていたので、冗談《じょうだん》はひかえることにした。

「なに、どうかした?」

「波楽《はら》、帰ってたか。今日、スミさんいる日だっけ?」

「今日はお休みじゃない? いないもん」

角直子《すみなおこ》さんは、ぼくんちのハウスキーパー、つまりお手伝いさんだ。しかし、雇《やと》い主《ぬし》がハウスキーパーの出勤日《しゅっきんび》を把握《はあく》していないってのは、どうなんだろう。

ぼくは念のため、電話の近くにおいてある卓上《たくじょう》カレンダーを確認《かくにん》した。今日の朝、十月分をめくったばかりのカレンダーには、「締切《しめきり》」「打ち合わせ」「取材」という三つの単語のほかに、「スミ」という文字が散らばっている。十一月一日に、スミマークはついていない。

それを伝えると、とうさんはため息をついた。

「そうかぁ、マズったなぁ。……じゃあさ、おまえ、これからひま?」

どことなく芝居《しばい》がかったようなとうさんの声に、ぼくは身がまえる。

「なんで?」

「駅前のシルクロードまで、資料《しりょう》を持ってきてほしいんだ。小向《こむかい》さんと打ち合わせなんだけど、肝心《かんじん》なものをわすれてしまいまして」

有名な貿易路《ぼうえきろ》の名前がついているのは、とうさんいきつけの喫茶店《きっさてん》。ぼくはげんなりした。せざるをえない。とうさんはほんとうにそそっかしい。

「ぼく、たった今帰ったばっかりなんだよ。また駅までいくのやだよ。資料なんか、あとでメールでもなんでもすればいいじゃん。つーか、打ち合わせなんか家でやんなよ」

「なんか、なんかって、オヤジの仕事をなんだと思ってんだ。しょうがねぇだろ、コーヒーが切れてたんだよ。小向《コム》さん、コーヒー中毒なのに」

「もー、しょうがないなぁ」

「すまんなぁ。なんか甘《あま》いもん食っていいからさ」

その資料がどこにあるのか確認《かくにん》してから、ぼくは電話を切った。

とうさんは小説家だ。十年くらい前に、出版社《しゅっぱんしゃ》の新人賞を受賞してデビューした。今年上半期の「この本が泣ける！　ベストテン」にもランクインしている。つまり、そこそこの売れっ子ってわけ。

とうさんの稼《かせ》ぎがなければ、たぶんここでは暮《く》らせないだろう。ぼくたちは三十階建てのタワーマンションの二十八階に住んでいる。窓《まど》からの眺《なが》めはサイコーだ。夏には花火がよく見える。

おきざりにしたランドセルを自分の部屋に投げ入れてから、ぼくは制服《せいふく》からジーンズに着がえた。

制服の白いシャツには、襟《えり》に「seiryo」という青い刺繍《ししゅう》がある。私立星燎学園大学付属小学校《しりつせいりょうがくえんだいがくふぞくしょうがっこう》。この家から地下鉄に乗って通っている、ぼくの小学校だ。名門とよばれるこの学校についても、とうさんの稼《かせ》ぎがなければ、受験すらできなかっただろう。それを知っているから、ぼくは資料《しりょう》を届《とど》けないわけにはいかない。

小学校最後の秋。きらいだった夏服のハーフパンツも、もう二度と着る機会がないのかと思うと、それはそれでさみしい気もする。

とうさんの書斎《しょさい》に入ることは、めったにない。べつに立《た》ち入《い》り禁止《きんし》ってわけじゃないけど、入る用事がないし、いつも煙草《たばこ》くさいから。一年くらい前までは、禁煙《きんえん》してってしつこくたのんでいたけど、見こみがなさそうなので、もうあきらめた。そういうのを「匙《さじ》を投げる」っていうんだって、この前レンが教えてくれた。

書斎《しょさい》はリビングの脇《わき》、うちのいちばん奥《おく》にある。窓際《まどぎわ》に物書き用の広い机《つくえ》。はしごつきの背《せ》の高い本棚《ほんだな》には、いろんな本がたくさんつまっている。小説もあるけど、資料用《しりょうよう》の雑誌《ざっし》や専門書《せんもんしょ》のほうが多い。

その本棚の、いちばん右、下から三段《だん》め。

「これか」

とうさんがいっていた場所に、大きなサイズの分厚《ぶあつ》い封筒《ふうとう》が立てかけられていた。けっこう重そうだぞ。

「あっ」

封筒を引っぱり出したとき、となりの本が一冊《さつ》、引っかかって下に落ちてしまった。下に落ちた衝撃《しょうげき》で、本のページが広がる。そのすきまから、なにかが外に飛び出した。

見覚えのあるサイズの、白い紙。角ばった黒い文字が、まじめな雰囲気《ふんいき》で印刷されている。

「なんだこれ」

それは一枚《まい》の葉書だった。

喫茶《きっさ》シルクロードの入り口受付で、ぼくはとうさんにいわれたとおり、担当編集者《たんとうへんしゅうしゃ》の小向さんの名前を伝えた。

「小向様……、会議室Bをご利用ですね」

口ひげをはやしたお店のおじさんが、受付の紙を確認《かくにん》しながらそういった。執事《しつじ》みたいでかっこいい。

この喫茶店には会議室という個室《こしつ》があって、有料で借《か》りることができるのだ。仕事の打ち合わせで使う人が多いんだって。とうさんもいつもそこを使っている。

街にあるほかのカフェとはちがって、お客さんにも店員さんにも、しぶい男の人や、マダム的な女の人が多い。BGMは静かなクラシック。はやりのJ－POPなんて流れない。なによりメニューの値段《ねだん》が高くて、ぼくひとりじゃとても入ることができない。

会議室Bのドアをノックすると、

「どーうぞー」

とうさんののん気な声が返ってきた。ドアを開ける。

「おう、波楽」

いすの上であぐらをかいているとうさんを見て、ぼくは思わず顔をしかめた。

会議室ってはじめて入ったけど、学校の教室みたいに広くはなかった。入ることができるのは、せいぜい十人くらいだろう。

「おそくなってごめん。これでいいんでしょ？」

封筒《ふうとう》を渡《わた》すと、とうさんはうなずいた。

「そうそう！　いやぁ、マジで助かった。ありがとな」

「マジとかいうなよ。あと、その足！」

「おおっ、さすが学級委員長」

作家のくせに、とうさんはいちいち言葉が軽い。しかもぼくは学級委員なんかじゃない。保健《ほけん》委員だ。だけどこういうのにいちいちつきあっていると、とうさんとは暮《く》らしていけない。

とうさんはぼくに指摘《してき》されて、あぐらをかいていた足をオーバーアクションで下におろした。

個室《こしつ》の中には四人がけのテーブルがあって、とうさんとむかいあうかたちで、小向さんが座《すわ》っている。

「ひさしぶり、波楽くん。元気そうだな」

「こんにちは。小向さん」

「あいかわらずしっかりしてるね。ちょっと見ないうちに男前になったなぁ。将来《しょうらい》は先生とちがってモテるよ、きっと」

「あ、ひどいコムさん」

小向さん、通称《つうしょう》コムさんは、とうさんの担当編集者《たんとうへんしゅうしゃ》のひとり。デビューしたころから長くお世話になっている。

ぼくは小向さんの右どなりの席に座《すわ》った。ほんとうはとうさんのとなりに座るべきだろうけど、原稿《げんこう》や資料《しりょう》がごちゃごちゃ散らかっていて、とても座れそうにない。

「波楽くん、なんにする？」

小向さんがメニューを渡《わた》してくれた。

「えーと、じゃあこれ」

いちばん大きなサイズの、チョコレートパフェ。ぼくはチョコレートが好きだ。とうさんがしぶい顔をする。

「おまえ、今からそれ？　もうじき夕飯……」

「まぁまぁ、いいじゃないですか。それより早く資料出してくださいよ。あ、注文はわたしが」

会議室には注文用の電話がついている。小向さんはとうさんから受話器を受けとった。

そうか、もしかしたら出版社《しゅっぱんしゃ》で支払《しはら》ってくれるのかもしれない。とうさんが払うんだと思って、遠慮《えんりょ》なく最高級のパフェをたのんでしまった。まぁ、いいか。

「すみません、会議室Bです。スペシャルチョコレートパフェ、ふたつお願いします」

なんだって？

ぼくととうさんは顔を見合わせる。

注文をすませた小向さんは、なに食わぬ顔で仕事の話をはじめたのだった。


とうさんよりひと足先にうちにもどると、妹の美萌《みも》が帰っていた。

「おにいちゃん、パパは？」

「外で仕事だよ。もうじき帰ってくるって」

食べもののうらみはこわいので、パフェを食べたことは、ないしょだ。

ぼくはあのあと、小向さんの右側に座《すわ》ったことを、はげしく後悔《こうかい》した。なぜって、ぼくが左手で、小向さんが右手でパフェを食べるもんだから、おたがいの腕《うで》があたってしょうがない。どうしようもないくらい、じゃま。

「へぇ、左ききなのかぁ」

ものめずらしそうに、そういわれちゃうしね。ちなみに、とうさんも美萌も右ききだ。きき手が遺伝《いでん》するっていう説もあるらしいけど、ぼくはちょっとあやしいと思ってる。

美萌は一年生で、ぼくとは別の学校に通っている。ぼくみたいな電車通学じゃなくて、家の前までバスの送迎《そうげい》があるから安心だ。

「おにいちゃん、ママのメール読んでぇ」

「ああ、そうだった」

今朝、うちのパソコンに、かあさんからのメールが届《とど》いていたのだ。登校する直前だったから、帰ったら読んでやるって約束していた。

そういえば、とうさんの離婚《りこん》の話はしたけど、かあさんの話はまだしていなかったね。

うちのかあさんは、とうさんの再婚《さいこん》相手。ぼくが幼稚園《ようちえん》のときにふたりは再婚して、そのあとで美萌が生まれた。だからぼくは美萌とちがって、かあさんとは血がつながっていない。

かあさんはテレビ番組のリポーターをしている。日曜の夜にやっている海外ネタのクイズ番組が担当《たんとう》で、今は北アフリカのモロッコにいっている。世界遺産《いさん》の街を取材するんだって、楽しそうにいっていた。

「いい？ 読むよ。——モロッコ最古の都市にいます。背《せ》の高い壁《かべ》に囲われた、迷宮《めいきゅう》都市とよばれるこの街は、世界遺産に登録されています」

「メイキューってなぁに」

ぼくはちょっと考えて、「迷路みたいなこと」と答えた。世界遺産ってなぁに、ときかれる前に、ぼくは続きを読みはじめる。

「まるで毛細血管のように、街じゅうに路地がめぐらされています。地図があっても迷《まよ》いそうなので、撮影隊《さつえいたい》とはぐれないよう、気をつけています。なかなか魅力的《みりょくてき》なところだよ。特に波楽は好きかもしれない。放送はお正月を予定しているそうです。十一月中旬《ちゅうじゅん》からヨーロッパに移動《いどう》して、帰国は十二月一日になります。それまでおとうさんとスミさんのいうことを、よくきいてね」

メールの添付《てんぷ》ファイルを開くと、写真を見ることができた。

タイルの装飾《そうしょく》がほどこされた街の門、撮影用の大きな荷物を運ぶロバ、そのロバ二頭がぎりぎりすれちがう路地もあれば、さらにせまい、体をななめにしないと通ることのできないような路地もあった。

「路地っていうか、すきまだな、こりゃ」

「美萌も見るー」

「はい、はい」

パソコンの画面をのぞきこむ美萌の横顔を、ぼくはそっと観察した。

美萌はかあさんによく似《に》ている。大きな目とか耳たぶの形とか。でも、美萌のまるい鼻はとうさんにそっくりだ。それに美萌は作文が得意だしな。

そう、三人は親子という感じがする。

もちろん、ぼくがかあさんに似ていないのは、しかたのないことだ。血がつながっていないんだからね。そんなことに文句《もんく》をいうほど、ぼくはもう子どもじゃない。

だけどぼくは、血のつながっているとうさんとも、あまり似ていないんだ。

まぁ、小向さんもああいったとおり、うちのとうさんってあんまりかっこいい顔じゃないから、似なくてよかったって気もするけど。……っていうと、まるでぼくが自分で自分をかっこいいと思っているみたい。日本語ってやっかいだな。

ひとついえるのは、この家で急須《きゅうす》を使いこなせないのは、ぼくひとりだってことだ。

夕飯までのつなぎに、美萌にクッキーとミルクを与《あた》えてから、ぼくはようやく自分の部屋にもどった。

ふだんはそんなことしないけど、部屋の鍵《かぎ》をかける。

ぼくはひとつ深呼吸《しんこきゅう》して、とうさんの部屋で見つけたあの葉書をじっくりと見た。

勝手に持ってきちゃったけど、本のあいだにはさまっていたんだ、しばらく借りていても、たぶんとうさんは気がつかないだろう。

葉書には文字がたくさんならんでいて、読めない漢字も多かったけど、そのなかでぼくの目にとまったのは、この一文だった。

このたび、亡妻《ぼうさい》華子の七回忌《ななかいき》供養《くよう》をいたしたく存《ぞん》じます。

「七回忌」という言葉をたまたま知っていた。ちょうど何日か前に、むかし病気で亡《な》くなった歌手の「七回忌追悼《ついとう》ライブ」というのがテレビのニュースで取りあげられていて、とうさんが意味を教えてくれた。人が亡くなってから六年めに行う儀式《ぎしき》みたいなもののことらしい。

葉書のいちばん下に、日時や会場の住所がのっていた。つまりこれは招待状《しょうたいじょう》と考えていいんだろう。日付は二年前になっていた。

葉書の差出人は、知らない人だった。「井浦《いうら》凪」。たぶん井浦が名字かな。イウラ、ナントカ。「凪」の読みかたがわからない。風じゃないし、凧《たこ》……？ ちがう。タコなんて名前があるわけない。

ただ、華子という名前は知っていた。

これはハナコではなく、カコって読む。亡《な》くなった妻《つま》ということは、この人は井浦凪の奥《おく》さんってことになる。とすると、名字は井浦のはずだ。

「井浦、華子《かこ》」

八年前に亡くなっているらしいその人の名前を、ぼくはつぶやいた。

これは、ぼくを産んだ人の名前だ。


次の日、レンはちゃんと学校に来た。

いつもとなにも変わらないように見えたけど、ふだんから無口なレンは、元気なのかそうじゃないのか、いつでもすごくわかりにくい。

卒業まであと五か月だし、ちょっと乗りかえはめんどうだけど、レンはおかあさんの実家から学校に通うことになった。

ぼくとレンは仲がいい。すくなくともぼくはそう思っている。

でも、ぼくとレンのあいだには、やっかいなルールがあった。

「学校では話しかけんなよ」

はじめにそういったのはレンで、ぼくはそれに従《したが》っているってところ。おなじクラスにいるけど、ぼくたちはずっと知らんふりをしている。

前にクラスでふつうに話しかけたら、無視《むし》されたあげく、あとでめちゃくちゃ機嫌《きげん》がわるくなって、「話しかけんなっつっただろ」って帰りにキレられた。マジギレだ。こええ。いじめか？　いじめなのか、これは。

だけど帰り道ではふつうにしゃべるし、むしろレンのほうがいつもぼくを待っているし、きらわれているわけじゃない。レンはそういうやつなのだ。

五年生になったあたりから、そんなふうに学校で口をきかなくなったレン。だれとも話さないし、授業中《じゅぎょうちゅう》に指名されても声すら出さない。もうあきらめているのか、最近は先生もレンを指さなくなった。

そのころにちょっとした事件《じけん》を起こしたこともあって、レンはまわりからおかしなやつだって思われるようになってしまった。とにかくいつもひとりでいるし、それをなんとも思わないみたいだ。

そういえば、レンが制服《せいふく》を着なくなったのも、しゃべらなくなったのと、ちょうどおなじころだった。

うちの学校には制服があるけど、どっちかっていうと標準服《ひょうじゅんふく》っていわれていて、私服《しふく》で通学しても問題ないことになっている。男子も女子も、制服で来る子と私服で来る子が、ちょうど半々くらいかな。ぼくは完全制服派《は》。いろいろ考えなくてすんで、楽だからね。

レンも前は制服を着ていたけど、最近はずっと私服だ。といっても、グレーのハーフパンツに白いシャツっていうレンの定番は、男子の制服とそう変わりない。

そんなレンとぼくは、学校の帰りに、通学路よりもふたつ奥《おく》の路地で、待ち合わせをする。

ぼくとレンはそれぞれ別の路線の駅を使っているけど、レンはぼくの使う駅から塾《じゅく》に通っているから、週三回はこうしていっしょに帰る。ぼくは受験なしで付属《ふぞく》の中学にいくけど、レンは受験組なのだ。せっかくエスカレーター式に内部進学できるのに、わざわざほかを受験するなんて、ぼくには考えられない。まぁ、レンの場合は、どうしても受験しなくちゃいけない理由があるんだけどさ。

学校が休みの日、ぼくたちはうちでいっしょにゲームをすることもある。最近ハマっているのは、ホラーアクションゲームだ。うちはとうさんがゲーマーだから、人気のあるゲームはたいていそろっている。

いっぽう、レンの家は親が超《ちょう》きびしくて、ゲームなんてもってのほか、みたいな雰囲気《ふんいき》らしい。

「レン」

いかにもだるそうにパンツのポケットに手を入れて、駐車場《ちゅうしゃじょう》のフェンスに寄《よ》りかかっていたレンに声をかける。するとレンはちょっとだけ笑って、「おお」と答えた。

「引《ひ》っ越《こ》し、おつかれ。大変だった？」

「べつに。部屋が広くなってラッキー」

「名字が変わらなくてよかったじゃん。連城《れんじょう》ってかっこいいし、レンってよべなくなると、ぼくがこまるし」

「そうだな。婿養子《むこようし》だったからね」

レンのおじいさんは有名な造船《ぞうせん》会社の社長で、家はハンパじゃないお金持ちだ。

ぼくらの学校は学費が高いこともあって、そこそこ裕福《ゆうふく》な家庭の子どもが多いけど、そのなかでも連城家はトップクラス。

社長なのは、レンのおかあさんのほうのおじいさんだ。つまり、今回の離婚《りこん》でおかあさんに引きとられたレンは、離婚に関係なく金持ち続行ってわけ。まぁでも、おとうさんのほうだって、ビルやお店をいくつも持っているらしいし、相当のお金持ちなんだけどね。

それなのにレンは、ほしい本や漫画《まんが》や服を、なかなか買ってもらえないみたいだった。通学用のこの服だって、きっと家の人の趣味《しゅみ》にちがいない。こういうきちんとした感じの服装《ふくそう》が、レンの好みとはとても思えない。

「波楽のおじさんはいいよなぁ」

レンはうらやましそうに、よくぼくにそういう。ぼくはいまいち理解《りかい》できない。だって、四十すぎのいい年したオッサンが、ゲームおたくだぜ。しかも小説家なんて、いつ仕事がなくなるかわかんないしさ。まぁ、うちはかあさんも働いているから、たとえとうさんが長期のスランプに陥《おちい》ったとしても、とりあえずはなんとかなりそうだ。だけどぼくは、たとえば世界各地にある連城家の別荘《べっそう》で、夏休みを過《す》ごしてみたい。きっとそういうのが、「となりの芝生《しばふ》は青く見える」ってやつなんだろうな。

「ところでさ、いいかげんつっこませてもらうけど、そのマフラーは、いったいなんなわけ？」

レンがけげんそうな顔でぼくにきいた。ああ、これね。首をぐるぐる巻《ま》きにしている、黒いマフラー。

ぼくは今日一日、学校でずっとこのマフラーをしていた。授業中《じゅぎょうちゅう》もつけっぱなし。先生に「外しなさい」っていわれても、「寒いんです」でなんとか通した。

「まぁ、ちょっとね……」

「ちょっと、なんだよ？」

「えーと、お気にいりなんだ」

く、苦しい。レンは首を横にふりながら、あきれている。

だって、話しはじめたら長くなるぞ？　駅まであと五分の道のりで、話せる内容《ないよう》とは思えない。

簡潔《かんけつ》にまとめると、今日の朝起きたら、のどの調子がおかしかった。

いや、季節の変わりめに風邪《かぜ》をひいたとか、そういうことじゃない。

のどのあたりになにかが引っかかっているみたいな、へんな感じがする。大きなあめ玉がつまっているみたいで、気になってしょうがない。

病院にいったほうがいいって？

そうだよね。のどの病気かもしれない。だけどぼくは二年くらい前に、おなじ症状《しょうじょう》を経験《けいけん》しているんだ。

そのときは病院にいった。小児科《しょうにか》と耳鼻科《じびか》で検査《けんさ》をしたけど、どこもわるいところはなくて、とうさんとかあさんは途方《とほう》にくれていた。そんなぼくたちに、病院の先生はこういった。

「もしかしたら精神的《せいしんてき》なものかもしれませんね。最近、過度《かど》にストレスのたまるような出来事はありませんでしたか？」

先生がそういった瞬間《しゅんかん》、かあさんが今にも泣き出しそうな顔をしたことと、とうさんの顔をこわくて見ることができなかったってことを、ぼくはよく覚えている。

実はその症状が出るすこし前に、ぼくはとうさんのかつての「離婚《りこん》の原因《げんいん》」というものを知ってしまったところだった。じいちゃんのお葬式《そうしき》で、親せきの人たちが話していたのを、偶然《ぐうぜん》耳にしてしまったんだ。

とうさんが離婚《りこん》したのは、もう十年もむかしの話だ。ぼくがまだ一歳《さい》のころ。とうさんが小説家としてデビューするより、すこし前のことだ。

なんで離婚なんかしたかっていうと、ぼくのことを産んだ女の人は、とうさんとは別の男の人を好きになって、とうさんとぼくをおいて出ていっちゃったんだって。ま、それだけの話なんだけど。

とうさんと今のかあさんが再婚《さいこん》したのは、ぼくが四歳のときだ。かあさんがぼくと「血がつながっていない」ってことを、ぼくはそのころからなんとなく知っていたけど、それをきちんと理解《りかい》したのは、三年生くらいのころかな。そして理解したぼくは、とうぜんとうさんにきいた。

「ぼくを産んだ人はどこにいるの？」

ぼくにきかれたらこう答えようって、まるであらかじめ決めていたように、その人がすでに亡《な》くなっていることと、名前は「華子さん」っていうんだってことを、とうさんは静かな口調で教えてくれた。だけどそれ以上のこと、たとえばその人がどうして亡くなったのかとか、そういうことはきいても教えてくれなかったし、ぼくもそれ以上は深く追究しなかった。

自分の血のつながった母親について、知りたくなかったのかって？

これだけは先にいっておくけど、ぼくにとって華子さんはあくまでも「ぼくを産んだ人」であって、「ほんとうのおかあさん」なんかじゃなかった。

ほんとうのおかあさんは、どう考えても今のかあさんだ。だから、あんまり華子さんのことを知りたがったりしたら、かあさんが傷《きず》つくかもしれないって、むしろそっちのほうが心配だった。

とうさんが華子さんのことを話そうとしない理由や、華子さんの写真がどこにも一枚《まい》もない理由とか、なんかへんだなって思ってたこと全部が、じいちゃんのお葬式《そうしき》ではっきりした。もちろんそれまでだって、親せきのおとなたちがぼくについて「なにか」を話している気配は、ぼくにしっかり伝わっていたけれど。

だからほんとうのことを知って、ぼくは納得《なっとく》した。むしろすっきりしたっていってもいいくらいだ。

それだけのつもりだったのに、ぼくの体はぼくの心よりも素直《すなお》だったみたいで、のどにそんな症状《しょうじょう》が出てしまったんだな。

やっぱりぼくはショックだったのかもしれない。ぼくを産んだその人は、あかんぼうのぼくよりもその男の人のほうが大切だったのかと思うと、なんていうか「ガッカリ」って感じはしたし、それ以外にも、たしかにぼくはいろいろと頭をなやませた。

のどの違和感《いわかん》の正式な病名は、「ヒステリー球」。

まさにそのまんま。ヒステリーな球体がのどにつまっているわけだ。もちろん実際《じっさい》にはそんなものはなくって、ぼくの気のせいにすぎないんだけど。心の病気って、奥《おく》が深い。

ぼくが考えてあみだしたヒステリー球の応急処置《おうきゅうしょち》は、首にマフラーを巻《ま》くこと。そうすると、そのあいだはマフラーに気をとられるせいか、あまり気にならない。それで今日はマフラーをしている。夏じゃなくって、よかったね。

ところで、二年前にどうやってヒステリー球が治ったかっていうと、かあさんが心の病気専門《せんもん》の病院を調べているうちに、いつのまにかなんとなく治ってしまったんだよね。だから今回もじきに治るだろう。親にはいわないつもりだ。なぜって、あのときのとうさんとかあさんは、ぼくよりもずっとはげしく落ちこんでいたから。

「きかせるべきじゃなかった」

とうさんはそういったけど、ぼくはそうは思わない。知ってよかったって思った。ぼくはほんとうのことを知りたいんだ。たとえ知って傷《きず》ついても、真実を知らないままでいるよりずっといい。ほんとうのことを知らないままだと、ちっとも前に進めない気がするだろ？ぼくはそういうのはあんまり好きじゃない。

あのころのぼくなりに、そういうようなことをとうさんに伝えた。するととうさんはいつになく深刻《しんこく》な顔をして、

「覚えとくよ」

っていったんだ。そのひとことを、ぼくは印象深く覚えている。

「あのさ、レン」

ぼくはふと思いついて、本が好きで頭のいいレンにきいてみることにした。

「風みたいな漢字なんだけどさ、中が虫みたいなやつじゃなく、止まるって書くんだ。中止のシね。なんて読むか知ってる？」

レンは空中に指で文字を書いた。

「ああ、『ナギ』だろ」

「ナギ？　どんな意味？」

「無風状態《むふうじょうたい》」

「ムフー？」

「風のない、無風」

「ああ、無風か」

「人の名前？」

ぼくはおどろいた。するどいな。

「なんでわかった？」

「塾《じゅく》にいるよ、そういう名前のやつ。たぶん、おだやかな人間になるように、的な」

「ほー、なるほど」

なんか皮肉だなぁ。他人《ひと》んちの奥《おく》さんにちょっかい出しておいて、おだやかはないだろ。

「そういえばさ、レンの塾って、たしか日置町《ひおきちょう》じゃなかったっけ」

「そうだけど」

葉書にのっていた井浦凪《なぎ》の住所は、日置町だった。ここからは地下鉄で三駅。ぼくの家とは反対方向だ。

「どんなとこ？」

「どんなって、大きな街《まち》だからいつも混《こ》んでるよ」

「映画館《えいがかん》とか、アニメショップとかもあるんだろ？」

「らしいね。そんなにうろうろしないから詳《くわ》しくないんだ。なんで？」

「うん……、いや、どんなとこかなと思って」

「ふぅん？」

レンはふに落ちない表情《ひょうじょう》で、片《かた》まゆを上げた。ぼくは強引《ごういん》に話題を変える。

「それよりさ、卒業制作《せいさく》のデザイン、考えた？」

ぼくたちの学年の卒業制作は、卒業アルバムのカバー作りに決まった。今月中にデザインを決めなくてはならない。

「まぁ、てきとうにね。波楽はいいよな、絵がうまいから。ぼくのも考えてくんない？」

「べつにいいけど、ああいうのって個性《こせい》が出るから、先生にバレると思うよ」

「うーん、そういうとこ冷静だよな、おまえって」

レンはため息をついた。レンは勉強が得意なくせに、受験科目以外の、たとえば図工や体育や音楽や家庭科なんかの授業《じゅぎょう》を、「だるい」といってよくサボりたがる。

ぼくは算数や国語の勉強はレンほど得意じゃないけど、絵を描《か》くことには自信があった。

小さいころから、色や形を頭の中にしっかりイメージできる力があった。それは絵を描くために必要なもののひとつだ。

クラスメイトからアニメキャラの絵を描いてってよくリクエストされるし、女子にいたっては、一度ぼくの絵を見ると、ぼくを見る目がはっきり変わる。まるで、「なかなかやるじゃん」っていわれているみたい。「見直したよ」ってね。

そう、絵はぼくの武器《ぶき》だった。

図工で描いた絵でよく表彰《ひょうしょう》されるから、たぶんそのせいだと思うけど、ぼくのとうさんが小説家じゃなくて漫画家《まんがか》なんだって、微妙《びみょう》な勘《かん》ちがいをしている先生がときどきいる。

「おれに似《に》なくてよかったよなぁ」

とうさんは犬と猫《ねこ》の区別がつかないタイプの絵を描く人だから、金賞がついたぼくの絵を見るたび、うれしそうにそういうのだ。

リビングのテーブルで卒業制作《せいさく》のデザインを考えていると、ハウスキーパーのスミさんが後ろからのぞきこんできた。

「いつもながら、うまいよねぇ」

「そう？　わかる？　なんの絵か」

「未来の街？」

「そうそう」

うちの学校とその周辺を空から描《か》いているんだけど、ただそれだけじゃつまらないから、ＳＦ映画《えいが》に出てくるような未来の世界をイメージしてみた。道には動く歩道がついていて、駅から学校までそれに乗って移動《いどう》するんだ。高層《こうそう》ビル群《ぐん》と、空飛ぶ自動車。学校の校庭には、スタジアムみたいな観客席と開閉可能《かいへいかのう》な屋根がついている。なかなかおもしろい発想だろ？

「いつか先生とコラボすればいいじゃん。波楽が挿絵《さしえ》を提供《ていきょう》してさ」

「作風が合わないよ。ま、合わせてやってもいいけど」

スミさんは目を大きく開いて、やれやれと首をふった。

「ベストセラー作家にむかってずいぶんなことをいうね。でも先生もおんなじこといいそうかも。蛙《かえる》の子は蛙ってことか」

「蛙？　どういう意味？　それって」

「ちょっとは国語の勉強もしなさいよ。はい、自分で調べる。それと、部屋の中ではマフラー外しなさい。寒いの？」

スミさんはぼくに電子辞書をよこしながらいった。

「したままじゃだめ？　なんか首のまわりが冷えるんだよね」

「やだ、風邪《かぜ》？」

スミさんはぼくの額《ひたい》に手のひらをあてた。

「ちがうって。首のまわりが寒いだけだから」

「それって風邪のひきはじめなんじゃないの。今日は早く寝《ね》てちょうだい。先生にもいっとかなきゃ」

いわなくていいよ。そう思ったけど、なにをいっても無駄《むだ》だろう。ぼくの体調管理は、スミさんの仕事のひとつだから。

うちのハウスキーパーである角直子さんは、毎日の食事と掃除《そうじ》と洗濯《せんたく》と、日用品の買い出しなどもしてくれる、うちにいてもらわなくてはならない、とても大切な存在《そんざい》だ。今みたいにかあさんが長期で留守《るす》にするときは、ぼくと美萌の宿題のチェックや、学校への提出物《ていしゅつぶつ》の管理も、かわりにやってくれている。ぼくと美萌にとっては、ふたりめのおかあさんといっても過言《かごん》ではない。といっても、スミさんはまだ二十代後半だから、おかあさんにしてはちょっと若《わか》すぎるんだけど。

スミさんはもう三年以上うちで働いている。こんなに長く続いたのはスミさんがはじめてだし、たぶんスミさんが最後のハウスキーパーになるだろう。ぼくに対してあまり「へりくだらない」ところがいい。前のハウスキーパーは、ぼくのことを「坊《ぼっ》ちゃん」、美萌のことを「お嬢様《じょうさま》」ってよんでいて、今だからいうけど、ちょっと柴田家にはふさわしくなかった。もうちょいカジュアルな感じでお願いしたい。

スミさんにいわれたとおり、ぼくは辞書をひいてみる。

なになに？　「蛙《かえる》の子は蛙」とは、子どもの性質《せいしつ》や能力《のうりょく》は、親に似《に》るものだというたとえ。また、凡人《ぼんじん》の子どもは凡人にしかならないということ……？

さてはスミさん、このふたつめの意味、知らないで使ってるな。あとでとうさんにいってやろ。

とうさんは今、書斎《しょさい》にこもって新しい小説の構想《こうそう》を練っている。女性《じょせい》むけのファッション雑誌《ざっし》で連載《れんさい》をするんだって。

とうさんの小説は若い女の人たちから特に人気があって、ジャンルはラブストーリーが多い。だけど本文中に「子どもには不適切《ふてきせつ》な表現《ひょうげん》」があるとかで、ぼくはあまり読ませてもらえない。

そうはいっても、べつに年齢制限《ねんれいせいげん》があるわけじゃないから、図書館とか本屋さんとか、読もうと思えばいくらでも読むことができる。何冊《なんさつ》かこっそり読んだけど、べつにそこまでヤバいものはなかった。

「波楽、『世界の謎《せかいのなぞ》コレ』再放送《さいほうそう》でしょ。つけてよ」

スミさんは夕飯を作る手を休めずに、ぼくに指示《しじ》した。「世界の謎コレ」とは、かあさんがリポーターをしている日曜日のクイズ番組だ。今日は火曜日だけど、毎週夕方に再放送がある。スミさんは先週の放送を見のがしているらしい。

「仕事中にクイズ番組なんか見ていいわけ？」

「うーん。波楽が見たいってことにしておいて」

「いいね、それ」

スミさんのこういうとこが、ぼくは好きなんだ。すげぇカジュアルだろ？

テレビをつけると、まだ前の番組が終わっていなかった。男の人と女の人が、泣きながら道に座《すわ》りこんでいる。

「これも再放送《さいほうそう》？　むかしのドラマだよね」

「ああ、『砂丘《さきゅう》の星《ほし》』だね。高校生のころ見てたよ」

「サキュウって、鳥取《とっとり》砂丘の砂丘？」

「そう。鳥取砂丘なんて、よく知ってるわね」

「社会科で習った。このドラマ、どんな話？」

スミさんはアボカドに包丁をいれながら、「ええっとねぇ」と話しはじめた。

「あるところに恋《こい》におちたカップルがいたんだけど、おたがいを運命の相手だと思って、出会ったその日のうちに結婚《けっこん》しちゃったの」

「たった一日で？　だめじゃん」

ぼくのダメ出しに、スミさんは笑った。

「べつにだめってことはないでしょ」

「だってふつう、しばらくつきあって様子を見るんじゃないの」

「あら、そーお？　ということは、わたしはずっと様子を見られているってことか。気がつかなかったわ」

スミさんはおかしそうにそういった。

へぇ、そうか、スミさんって彼氏《かれし》いたのか。

スミさんはいい人だし、彼氏がいたってぜんぜんおかしくないけど、ぼくはなんとなくショックを受けている。

「で、ドラマの話だけど、ふたりが結婚《けっこん》してからしばらくして妊娠《にんしん》が発覚するのよね。奥《おく》さんにあかちゃんができたの。だけど実はその子どもは奥さんの前の恋人《こいびと》との子どもかもしれなくてっていう、ドロドロした恋愛《れんあい》ドラマよ。……あんまり子どもにきかせる話じゃあないね、これ。もうおそいけど」

カジュアル・スミさんはペロリと舌《した》を出して、肩《かた》をすくめた。ぼくはちょっと考えて、スミさんに質問《しつもん》をする。

「だけどさ、なんでそれ、わかっちゃったのかな。だまっていれば、父親がだれなのかって、バレないいんじゃないの？」

「なんでだったかなぁ。よく覚えてない」

「なんでだよ、そこが肝心《かんじん》なとこじゃん」

「そう？　そこが肝心かしら……」

スミさんは首をかしげながら、アボカドをぐちゃぐちゃにつぶしている。あれはたぶん、とうさんのお酒のおつまみだ。

「ああ、そうだ、思い出した。奥《おく》さんの元彼《もとかれ》が復讐《ふくしゅう》のつもりで旦那《だんな》にいいつけたんだった。元彼の役を菱川太一《ひしかわたいち》がやってたんだよねー。好きだったな、ヒッシー」

「ふぅん。それで、結末はどうなるの？」

「ハッピーエンドだったよ。最後は夫婦《ふうふ》であかちゃんを抱《だ》いて終わるっていう」

「ってことは、やっぱりほんとうは旦那さんの子どもだったってことか」

でも、スミさんはうなずかなかった。

「それがね、そこのところは結局はっきりしないままで終わっちゃったんだよね。だからテレビ局に消化不良っていう抗議《こうぎ》が殺到《さっとう》……。ねぇ波楽、そろそろ美萌を起こしてきて。これ以上寝《ね》ると夜寝らんなくなるでしょ」

美萌のやつ、昼寝してたのか。だから静かだったんだな。

まだ話をききたかったけど、スミさんのいうとおり、美萌が夜眠《ねむ》れなくなったら仕事中のとうさんがこまると思うので、ぼくは席を立った。

ぼくにはよくわからなかった。

旦那さんの子どもじゃないかもしれないのに、その子どもを産んだ？　中絶《チュウゼツ》しなかったのは、どうしてだろう。

保健《ほけん》の授業《じゅぎょう》で妊娠《にんしん》について習ったとき、妊娠初期であればあかちゃんを中絶《チュウゼツ》することができるんだって、レンからきいて知った。でもそれは新しく生まれてくる命を殺すこととおなじだから、通常《つうじょう》はしてはいけないことだって。

だけどたとえばそのドラマの場合は、「通常」ではないような気もした。だって、生まれてから自分の子どもじゃないってわかったら、旦那《だんな》さんはどうなるんだろう。

その子どもを、ちゃんと育てたいって思えるのかな。


美萌の部屋にいくと、美萌はパジャマに着がえてベッドで寝息《ねいき》をたてていた。ガチ寝じゃねぇか。

「みもー、そろそろ起きろー。『世界の謎《なぞ》コレ』はじまるぞ」

美萌のベッドは、天蓋《てんがい》つきのいわゆる「お姫様《ひめさま》ベッド」だ。天井《てんじょう》からたれさがっているひらひらした半透明《はんとうめい》の布《ぬの》が、カーテンのようにベッドを覆《おお》っている。ベッドを買うときに、美萌が「これがいい」っていいはった。

ぜんぜん起きないので、しかたなくぼくは美萌を抱《だ》き上《あ》げた。重い！

そのあと、ぼくたちは三人で「世界の謎《なぞ》コレ」の再放送《さいほうそう》を見た。もちろん、スミさんはキッチンで仕事をしながらだ。

リポーターは何人かいるので、この回の放送にはかあさんは映《うつ》らない。国はエジプトだ。エジプトはリポーターからの人気が高いらしく、かあさんは「そろそろ若《わか》い子たちに譲《ゆず》っていかないと」なんていっている。

かあさんは番組専属《せんぞく》リポーターのなかではかなりのベテランで、出演《しゅつえん》回数は番組最多、五十か国以上をリポートした経験《けいけん》がある。ほかのリポーターが思わず尻《しり》ごみするような過酷《かこく》なロケにも意欲的《いよくてき》に参加するから、番組司会をやっている芸人のナカタハジメから、「この人はほんまになんでもようやるなぁ」って、絶賛《ぜっさん》されている。

そうなんだ。うちのかあさんは、かっこいいんだ。

それに、血がつながっていないぼくと、血がつながっている美萌とを、ぜんぜん区別しない。かあさんと接《せっ》していると、血のつながりなんて関係ないんだなって、はっきりわかる。

そういう人だから、とうさんはかあさんを選んだんだと思う。

とうさんとかあさんが再婚《さいこん》したころ、まだ「世界の謎コレ」ははじまっていなくて、かあさんはふつうのタレントさんだった。ぼくはかあさんをテレビで見たことがあったから、とうさんがはじめてかあさんをつれてきたとき、すごくびっくりしたんだ。

でも、あれはたぶんとうさんが、事前にかあさんの出演番組《しゅつえん》をぼくにわざとしつこく見せておいたんだと思う。とうさんはそういう工作がうまい。ぼくがそうほめたら、

「工作じゃなくて、演出っていいなさいよ」

って、まんざらでもなさそうに、そう答えた。

実際《じっさい》にかあさんと会ったぼくは、とうさんの思惑《おもわく》どおり、「テレビとおなじおねえさんだ！」って大興奮《だいこうふん》。かあさんは口を大きく開けて笑う愉快《ゆかい》な人で、ぼくはすぐに大好きになった。

ただ、もうすこしうちにいてくれたらって、ぼくはときどき思うけど。でもそしたらスミさんの仕事がなくなっちゃうか。それはこまるな。スミさんがいないと、ぼくはさみしい。

「波楽、ごはんの準備《じゅんび》できたから、先生よんできて」

「うん」

「あ、ママ！」

次回予告にかあさんが映《うつ》った。来週はカンボジアの謎《なぞ》を追う。エンドクレジットの後ろで、かあさんはコゲコゲの不気味な物体を笑顔《えがお》でかじっている。スミさんが不安そうに、

「なにかしら、あれ。いやな予感しかしないけど」

「そういえば、カンボジアでタランチュラのフライを食べたとかいってた」

「それってなぁに？」

ぼくとスミさんは顔を見合わせて、「なんだろうねぇ」とごまかした。美萌は虫が大の苦手なのだ。

そんな感じで、ぼくたちは楽しくやっているよ、かあさん。

2　凪《なぎ》という人

　その日、学校でクラスメイトの芦原星羅《あしはらせいら》に声をかけられた。

「柴田《しばた》が私服《しふく》なんてめずらしいね」

　人の服なんかよく見ているなぁ。そう思いながらぼくはうなずいた。レンが窓際《まどぎわ》の席で頬《ほお》杖《づえ》をつきながら、ぼくたちのほうを見ている。

「ああ、うん。制服《せいふく》、クリーニングに出されちゃって」

「でも暑くない？　それ」

　芦原はぼくの首のあたりを指した。ぼくはタートルネックのセーターを着ている。

　この学校はいつでも空調がきいていて、多少薄着《うすぎ》でも過《す》ごしやすい環境《かんきょう》になっている。だからたしかにちょっと暑い。

「寒がりなんだよね、ぼく」

「へぇ、そうだっけ？　でも似合《にあ》ってる！」

「それはどうも」

ぼくは作り笑いでごまかす。レンからの視線《しせん》が気になってしかたがない。しょうがないだろ、マフラーのかわりになるのは、タートルネックくらいしかない。これ以上マフラーなんかしてたら、さすがにみんなからあやしまれるし、レンからはこのとおり、すでにあやしまれている。ちょっと暑いけど、しばらくのがまんだ。

ヒステリー球はなかなか治らない。

原因《げんいん》はわかってる。あの葉書だ。

Marbling Art Gallery　マーブリング・アート・ギャラリー。

葉書の差出人の住所の、いちばん最後のところにのっていた名前だ。ギャラリーっていうのは、小規模《しょうきぼ》な美術館《びじゅつかん》みたいなもののことらしい。

井浦《いうら》凪。レンによると、凪はナギと読む。

とうさんのむかしの奥《おく》さんの、新しい結婚《けっこん》相手。っていうか、はっきりいっちゃえば、不《ふ》倫《りん》相手。だって、とうさんと結婚してたのに、別の人と恋《こい》におちたら、それって不倫ってことじゃんね。

とうさんがぼくの前でふたりの話をいっさいしないのは、そのあたりの事情《じじょう》が関係しているんだと思う。正直ぼくも、とうさんからは、かなりききにくいものがある。

井浦凪は、ギャラリーの経営《けいえい》をしている人なんだろうか。

ぼくのとうさんから、奥《おく》さんを奪《うば》った人。

自己中《じこちゅう》で、軽薄《けいはく》で、思いやりのない、わるいやつ。きっとそうにちがいない。

もしぼくが今不幸だったなら、たとえば今のかあさんとうまくいってなかったり、とうさんが不倫《ふりん》の後遺症《こういしょう》で心を病《や》んでしまっていたり、そんなことがあったとしたら、ぼくは井浦凪を、心底恨《うら》んでいただろう。

だけどさ、そうじゃないんだよね。

こういういいかたはおかしいかもしれないけど、井浦凪が華子《かこ》さんを奪ってくれたおかげで、とうさんはかあさんと再婚《さいこん》できたわけだし、おかげでぼくはかあさんの子どもになれ、かわいい美萠《みも》が誕生《たんじょう》した。いいことずくめじゃないか。

いっぽう、華子さんは亡《な》くなってしまった。井浦凪をひとり残して。

華子さんはどうして死んでしまったんだろう。

結局のところ、ぼくがいちばん気になっているのは、そこなんだ。とうさんが教えてくれなかった、ほんとうのこと。それが知りたい。

それと、もうひとつ。

自分に似《に》ているおとなっていうのは、いったい、どういう感じがするものなんだろう。ぼくの顔はとうさんにはあまり似ていない。だからぼくは華子さんに似ているはずなんだ。

顔だけじゃなくて、ほかにも似ているところがあったかもしれない。血がつながっているんだから、きっとそうだ。趣味《しゅみ》や特技《とくぎ》が似ているとか、血液型《けつえきがた》がおなじだとか？

そういうことがすべてはっきりすれば、ヒステリー球は治るかもしれない。

ぼくには知る権利《けんり》があるはずだ。


日置町《ひおきちょう》は、住みたい街ランキングの上位にかならず入ってくるような、とても人気のある街だ。有名な大学や、緑の多い大きな公園があることで知られていて、駅前には全長五百メートルのアーケード商店街がある。

駅ビルのショーウインドーのむこうに、不自然なポーズをとっている白いマネキンがいた。そのマネキンの頭部が、なんと赤い目をしたうさぎだったので、ぼくはちょっとぞっとしながら、となりを歩くレンにそれを教える。うさぎさんが流行最先端《さいせんたん》の秋物コートをはおっている。

「気持ちわるくない？　うさぎ人間。美萌が見たら泣くな」

「ほんとだ、不気味すぎ」

レンはくつくつと笑って、携帯電話《けいたい》で写真を撮《と》った。

「それで、波楽《はら》。日置町になんの用だよ？　まさかうさぎを見にきたってわけじゃないだろ」

その日、ぼくは学校の最寄《もよ》り駅《えき》から自宅《じたく》のある駅とは反対方向の電車に乗り、レンといっしょに日置町までやってきた。

とうさんと華子さんの離婚《りこん》のこと、うちが再婚《さいこん》家族だということ、そしてヒステリー球のことと井浦凪のこと。レンにはまだなにも話していない。

友だちなんだから、話さなきゃ、話したいって、思ってるけど、どうしてか、なかなかいいだせなかった。なんでだろうな。レンは自分の親が離婚したことを、なんでもないようにぼくに教えてくれたのに。

「うん、ちょっといってみたいところがあってさ」

「なんていうとこ？」

「マーブリング・アート・ギャラリー。知ってる？」

「知らない。そこになにがあるの？」

「さぁ」

「さぁって」

レンはちょっと笑った。ぼくはこまってしまって、レンの顔を見返すことしかできない。きりっとした一重《ひとえ》まぶたのレンは、鼻筋《はなすじ》も通っていて、なかなかきれいな顔をしている。そういえば、芦原はレンのファンみたいだ。女子のなかではめずらしく、レンに積極的に話しかけている。運動会のときに、「いっしょに写真撮《と》って」ってさそったりもしていた。

写真ぎらいのレンは逃《に》げていたけど、かまわず隠《かく》し撮《ど》りされたとかいって、あとでぶつぶつ文句《もんく》をいいながらキレていたっけ。

「人の顔をなにじろじろ見てんだよ？」

「ああ、ごめん。とにかくさ、レンは授業《じゅぎょう》の前に自習室で予習するんだろ？　もう、いきなよ。あの駅って改札がいくつもあるから、自信なかったんだ。助かったよ」

そしてぼくは「じゃあな」といって、一方的に会話を終わらせてしまった。

マーブリング・アート・ギャラリーは、アーケード商店街の中ほどから、脇道《わきみち》に曲がったところにあった。葉書にのっていた住所から、ぼくは事前にネットで地図を調べていた。

それは二階建ての白い建物で、二階部分はアパートになっている。一階部分がギャラリーだ。自動ドアのむこうにはテーブルがならんでいて、その上になにかが展示《てんじ》されているようだった。壁《かべ》には絵がかかっているけれど、ここからじゃどんな絵かまでは見えない。

ギャラリーのいちばん奥《おく》にはカウンターがあって、そのむこうにおとなの男の人がひとり座《すわ》っていた。手もとの本かなにかを見ているらしく、顔を上げない。

ぼくは心臓《しんぞう》がバクバクしてきて、思わずそこから逃《に》げ出《だ》してしまいたくなったけど、このやっかいなヒステリー球をいつまでもほうっておくわけにもいかない。

そのとき、男の人が顔を上げた。やばい、目が合った。

その人の顔を見て、ぼくは動けなくなった。頭の中が真っ白になる。それと同時に、すべてがわかった、という気がした。背中《せなか》を汗《あせ》がつたう。口の中がからからからだ。

その人はぼくをじっと見た。

いっしゅん、席を立ってこっちに出てくるかと思った。そして、もしそうなっていたら、ぼくはその場からダッシュで逃げ出していたと思う。けれどその人はそうせずに、かわりにぼくにむかって手招《てまね》きをしたのだった。

ぼくがひどく緊張《きんちょう》していることが伝わったんだと思う。無表情《むひょうじょう》だったその人は、ようやくすこし笑った。なんだかとても申しわけなさそうな笑顔《えがお》だった。ぼくみたいな子どもに対して、あんなに不器用に笑うおとなを、ぼくははじめて見た。

なにかおかしいと感じたのは、そのときだった。ばくぜんとした違和感《いわかん》。そんな感じ。

そう、その人はまるで、ぼくがここに来ることを予想《よそう》していたみたいだった。

それだけじゃない。その人と目が合った瞬間《しゅんかん》に、ぼくにはわかったんだ。

それは、もう逃《に》げられないんだってこと。

だけど後悔《こうかい》なんかしていない。たとえ真実を知って傷《きず》ついても、知らないままでいるよりずっといい。

とうさん、ぼくは今でもそう思っているよ。

ぼくは覚悟《かくご》を決めて、ギャラリーの自動ドアから中に入った。

ギャラリーに飾《かざ》られている絵は、見たことのない種類の絵だった。

いくつかの色が混《ま》ざりあうようにして、流れるような複雑《ふくざつ》な模様《もよう》を描《えが》き出《だ》している。

たとえばアイスクリームショップの、いくつかの味が混《ま》ざっているフレーバーみたいだ。あるいは、とうさんがコーヒーにミルクをたらすとき、ミルクはコーヒーの中でうずを巻《ま》くように、あんな模様《もよう》を描《えが》いている。

顕微鏡《けんびきょう》で見た細胞《さいぼう》みたいな模様や、油が浮《う》いている水面みたいな模様もあるし、孔雀《くじゃく》の羽のような模様や、波打つカーテンのように立体的に見える模様もあった。

だけどアイスクリームやミルクとは決定的にちがうのが、その色だ。

そこにある絵は、どれも色が暗かった。

白とか赤とか黄色とかオレンジとか、そういう明るい色はほとんどない。だいたいが、グレーと、黒と、深い青系《けい》の色。

きれいな絵だと思った。たしかに色づかいは暗いけど、たとえば駅ビルのうさぎ人間のような、得体のしれない不気味さはない。

なんていうんだろう、うずが連続して描かれているものもあるけれど、そこに規則性《きそくせい》があるような、ないような、不安定な美しさがあって、そこにひきつけられる。

「好き？　その絵」

「うん。すげーきれい」

思わずタメ口で返事をしてしまい、ぼくはあわてていいなおす。

「いや、きれいです」

いわれなくても、ぼくにはわかった。

この人が井浦凪だ。

でも、ぼくが思っていた人とはちがった。

なんとなくだけど、井浦凪という人は、たとえば派手《はで》な柄物《がらもの》のシャツを着ていたり、高級車を乗りまわしていたりするような、遊び人風のちゃらちゃらしたおじさんなんだろうって、勝手に想像《そうぞう》していた。

だけどこの人は、なんていうか、すごくおとなしくてまじめそうな人だった。ほっそりとやせていて、飾《かざ》り気《け》のない服を着ている。

それになによりもおどろいたのは、この人がすごく若《わか》いってことだ。おとなの年はよくわからないけど、どう見ても二十代だと思う。スミさんとおなじくらいか、それよりすこし若いかも。ぜんぜん「おじさん」なんかじゃない。「おにいさん」だ。大学生っていわれれば、そう見える。

とすると、この人が華子さんと不倫《ふりん》していたのは十年ちょっと前だから、そのときはまだ十代ってことになってしまうんですけど。どうなの、それ。

未成年と恋愛《れんあい》したら、それって犯罪《はんざい》なんだっけ？　なんかそういうドラマあったよな。高校の先生と生徒の禁断《きんだん》の恋《こい》、みたいな。でも十代で結婚《けっこん》する人だっているんだから、犯罪ってことはないか。

いや、そもそもそれ以前に、すごくいけないことのはずなのに、どうして不倫《ふりん》をしても警《けい》察《さつ》に逮捕《たいほ》されないんだろう。とうさんにきいてみたい。って、きけるか！

そんなことをいっしゅんのうちに考えながら、ぼくはその男の人から、なぜか目を離《はな》すことができなかった。そして相手もぼくとおなじなんだってことが、ぼくにはなんとなくわかってしまったんだ。

ぼくは警戒《けいかい》しながらだまっていた。こういうとき、先に口を開くのはおとなのはずだ。

「もしかして、柴田波楽くん？」

それが自分の名前だってことを理解《りかい》したとたん、ぼくの腕《うで》にぞわっと鳥肌《とりはだ》がたった。なんだ、この状況《じょうきょう》。

ぼくがうなずくより先に、カウンターの後ろのドアから、別の人が出てきた。おとなの女の人だった。黒い髪《かみ》の毛《け》の中にところどころ赤い髪の毛が交じった、個性的《こせいてき》な髪型をしている。爪《つめ》の色も真っ赤で、両耳にたくさん、唇《くちびる》にひとつ、銀色の輪っか型のピアスをしている。おとなの不良……？

「……えっ？」

その人はぼくを見て、すごくびっくりしたみたいだった。

「この子、凪の知り合い？」

ぼくはクラリとめまいを感じて、テーブルに手をついた。やっぱりほんとうにこの人が井浦凪なのだ。マジかよ。

「今から知り合うところ」

井浦凪はそういって、カウンターのむこうのいすに座《すわ》ったまま、ぼくに手を差し出した。おとなと握手《あくしゅ》をするのははじめてだった。

「サキ、なにか出してやって。えーと、コーヒー？　麦茶？」

おとなからコーヒーを飲むかときかれたのも、たぶんはじめてだ。麦茶でお願いします。サキとよばれた女の人は、そんな凪さんをあきれたようにちらっと見てから、店の奥《おく》にもどっていった。

「あの、ぼくのこと、知ってたんですか？」

出てきた声がかすれていて、ぼくは自分がものすごく緊張《きんちょう》しているってことを思い知る。

井浦凪はぼくの質問《しつもん》にうなずいた。

「まぁ、すこしだけ。いつか来るかもしれないとは、思っていたし。想像《そうぞう》していたよりも、だいぶ早かったけど」

そうか、ぼくがこの人の存在《そんざい》を知っていたように、この人だってぼくのことを知っていたのだ。

もしかしたら、華子さんのおとうさんやおかあさんは、たとえぼくが一度も会ったことはなくても、ぼくにとっては血のつながったおじいさんとおばあさんなんだから、華子さんが亡《な》くなったあとも、とうさんがぼくの情報《じょうほう》を伝えている可能性《かのうせい》がある。この人はそこからぼくのことを知ったのかもしれない。

「平日に子どもがひとりで来るなんてこと、まずないからね。すぐわかったよ。あらためて、井浦凪です」

ぼくも自分の名前をいって、それから例の葉書を出した。

「この、この葉書を、とうさんの、父の部屋で見つけて、ちょっと、なんていうか興味《きょうみ》があって。家族にはないしょで、来ました」

言葉につまずきながらぼくはそう伝えた。ぼくはほんとうにここに来てよかったのかな。今さらだけど不安になってきた。

凪さんはそんなぼくの不安をとりのぞくように、おだやかな顔でうなずいてみせた。

「そう。うん、そうか。わかった」

ぼくたちはそのまま、しばらくだまっていた。人といっしょにいるときに沈黙《ちんもく》が続くと、ふつうは気まずい雰囲気《ふんいき》になるものだけど、ふしぎとそうは思わなかった。

凪さんはその名前のとおり、とても静かな人だった。

そしてそれはやっぱり、ぼくが抱《いだ》いていたその人のイメージとは、かなりちがうものだった。

フリンノスエノリャクダツ。

じいちゃんのお葬式《そうしき》で、ぼくが耳にしてしまった言葉だ。「不倫《ふりん》の末の略奪《りゃくだつ》」と漢字で書けるようになったのは、まだけっこう最近。もし学校の漢字テストでそんな問題が出たとしたら、テレビもネットも大騒《おおさわ》ぎだろう。

そういえば、ちょうどそのころのワイドショーで、国民的女優《じょゆう》と人気ミュージシャンの不倫問題が騒がれていた。不倫はいけないこと。したら、だめ。ダメ、ゼッタイ。コメンテーターたちは口をそろえてそういっていたっけ。

華子さんをとうさんから奪《うば》った男は、自分勝手ですごくわるいやつなんだって、ぼくはそう思っていた。そして、そうであってほしい、そうであるべきだとも、思っていたかもしれない。

だけど、この人はそんなふうに見えない。ふつうのいい人に見えた。そのことにほっとしている自分と、がっかりしている自分とがいて、すごく複雑《ふくざつ》だ。

「はい、麦茶どうぞ」

手渡《てわた》されたのは、円柱形《えんちゅうけい》の細長いグラス。こげ茶色の麦茶の中に、グラスとおなじように細長い、直方体の氷がいくつか浮《う》かんでいた。なんだかすごくアートっぽい。ぼくは凪さんが「サキ」とよんだその人にお礼をいって、それを受けとった。

「この人はぼくの友だちで、サキさん。店のことや身のまわりのことを、手伝ってもらってる」

「身のまわりのこと？」

ぼくがくり返すと、サキさんがつけたした。

「運転したりね」

「運転、できないの？」

おとなはみんな運転できるものだと思っていたぼくは、すこしおどろいた。

ぼくの率直《そっちょく》な疑問《ぎもん》に、なぜだかサキさんはぎょっとしたような顔をして、凪さんの顔を見た。顔色をうかがった、という表現《ひょうげん》がぴったりくる。

凪さんはそんなサキさんにうなずいて、けれどそれについてはなにもいわなかった。

そのあといくつか話をしているうちに、ギャラリーに飾《かざ》られている絵が、すべて凪さんの描《か》いた絵だということがわかった。凪さんは画家なのだ。

「マーブリング・アートっていうんだ」

そういえば、ここの名前はマーブリング・アート・ギャラリーだった。

「マーブリングって、マーブル？　マーブルチョコの？」

「マーブルチョコ？」

首をかしげた凪さんに、「スーパーで売ってるお菓子《かし》だよ」と、サキさんが教えた。サキさんはにやにやしながら、今度はぼくにむかっていった。

「この人、こんなビンボーくさいカッコしてるけど、実はお坊《ぼっ》ちゃん育ちだから。高級品を与《あた》えられて子ども時代を過《す》ごしたの。スーパーのお菓子とは無縁《むえん》」

「ああ、なるほど……」

子どものぼくに納得《なっとく》されてきまりわるかったのか、凪さんはひとつ咳払《せきばら》いをしてから、説明してくれた。

「マーブルってのは、大理石のことだよ。ほら、この模様《もよう》がさ、大理石に似《に》てるだろ」

ダイリセキといわれても、ぼくにはピンとこなかった。あとで検索《けんさく》してみよう。

「水に軽い絵の具をたらして、水面に浮《う》かんだ模様を紙に写しとるんだ」

「えっ、これ、コンピューターで描《か》いたんじゃないの？」

「もちろん。アナログ画法だよ」

「すげぇ！」

ぼくは心の底から感動してそういった。そんな絵の描きかたがあるなんて、ちっとも知らなかった。

凪さんは座《すわ》ったままぼくを見上げて、

「図工の授業《じゅぎょう》でやらなかった？」

「やったことないよ。なんかおもしろそうだね」

「おもしろいよ。無意識《むいしき》に作っているようでも、その人らしさが出るんだ」

へぇ、ほんとにおもしろそう。あ！　卒業制作《せいさく》のデザインにどうかな。裏表紙《うらびょうし》をどうするか、まだ決まってなかったんだ。

「ぼくにもできるかな」

「そりゃ、できるさ。そんなにむずかしくないやつならね」

「やってみたい。教えてくれますか？」

ぼくがそういった瞬間《しゅんかん》、凪さんの表情《ひょうじょう》がピシリとかたまった。

「えっ、ぼくが？」

ことわられるなんて想像《そうぞう》もしていなかった。大好きな絵のことに関しては、ぼくはこんなふうにまわりが見えなくなることがある。ぼくはあわてて手を横にふった。

「無理なら、いいです」

「いや、無理ってことはないけど、でも、なんていうか、その……」

凪さんは下をむいてもごもごと口ごもった。

なんだろう、なんかはっきりしない人だな。ビクビクしているし、ずいぶん気弱そう。ほんとうにこの人が「略奪行為《りゃくだつこうい》」をしたんだろうか。

見かねたサキさんが、「はっきりしなよ」と、凪さんの背中《せなか》をぱしんとたたく。それに勇気づけられたように顔を上げると、凪さんはぼくにむかっていった。

「じゃ、じゃあさ、今週の日曜日に来られる？　ここでワークショップをやるんだ」

「ワークショップって？」

「体験型講座《こうざ》。よかったら、おいで」

ぼくはその日、ここに来る約束をした。カウンターでワークショップの申込書《もうしこみしょ》に名前を書いていると、凪さんがきいてきた。

「絵が好き？」

「うん」

「得意？」

「まぁね」

「……そう」

そのいいかたがなんとなく気になって、ぼくは申込書から目線を上げて凪さんを見た。

そして、ぼくは息をのんだ。

「あっ」

カウンターのむこうから、凪さんがこちら側に来ようとしているところだった。

ただし、いすに座ったままで。

「あ、書き終わったらそこにおいといていいから」

大きな車輪を両手で前に回しながら、凪さんはぼくのほうに近づいてくる。

凪さんは車いすに乗っていた。

カウンターをはさんで正面から見ていたから、気がつかなかったんだ。

「ごめん」

ぼくはとっさにあやまった。運転できないのって……。できないよ、これじゃあ。

「気づかなかった、車いすだって」

「べつにきみがあやまることじゃないよ」

凪さんはもう一度こまったように笑う。

「足に障《しょう》がいがあっても、運転している人だっているし」

凪さんは車いすでぼくの脇《わき》を通り、決して広いとはいえないテーブルとテーブルのあいだの道を器用に進み、ギャラリーの中央あたりで止まったかと思うと、腰《こし》をぐいと曲げて床《ゆか》からなにかを拾い上げた。ごみかなにかが落ちていたらしい。

そのスムーズな動作を見ていて、この人はきっとずいぶん前から車いすを使っているんだろうと思った。すごく慣《な》れている感じがする。

「きいていい？」

「なに？」

「生まれつき？　……病気？」

「けが」

凪さんはたんたんと答えた。

けがか。だったら、

「治るの？」

「どうかな」

「そっか……」

ぼくはそれ以上なにもいえなくて、うつむいた。こういうときに、ちゃんと思いやりのある言葉をかけられるようになりたいのに。

「いい子だね」

サキさんが小さな声で、だれにともなくそういった。ぼくのことかなって思ったら、ちょっとはずかしくなった。

ぼくと凪さんがしゃべっているあいだ、サキさんはぼくのことをずっと見ていた。まるで観察されているようで、居心地《いごこち》がわるい。

それに、サキさんのあの目。黒目のところが灰色《はいいろ》だ。カラーコンタクトかもしれない。髪《かみ》の色が赤いのやピアスの数が多いのもそうだけど、ファッションが個性的《こせいてき》すぎてなんとなくちょっとこわい。

この人がいるところでは、凪さんに華子さんのことをきけないな。でもまぁ、いいか。どうせまた来ることになったんだから。

ぼくは麦茶を飲みほして、グラスをサキさんに返した。

「波楽」

ギャラリーを出たところで、声をかけられた。レンだった。

「なんだよ、つけてきたのかよ?」

不愉快《ふゆかい》な声になってしまわないよう、ぼくは気をつけながらいった。

「ごめん。気になって」

気になって。気になって。気になって。

ぼくの頭の中でそれが三回エコーした。レンがぼくを気にしてくれている。うれしいじゃないか。

頬《ほお》がゆるんでいるのがバレないように、ぼくはわざとレンに背《せ》をむけた。

「ここって、さっきいってたギャラリー？」

「そう。えーと、親せきの人がやってるんだけど、一度来てみたくて」

そうだ、日曜日のワークショップ、レンもさそってみよう。

「レン、今度の日曜日ってひま？」

「日曜日？　じいちゃんの会社のパーティーがあるけど」

「へぇ。じゃあ、だめか」

「でもあんまりいきたくない」

「そうなの？」

「苦手。パーティー」

あー、レンはいかにも苦手そうだよなぁ。ぼくもとうさんの出版《しゅっぱん》記念パーティーとか出たことあるけど、いろんな人に笑顔《えがお》ふりまいて「こんにちは」って挨拶《あいさつ》しなくちゃいけない。そういうのがわりと得意なぼくでさえ、つかれる。レンはこういうやつだから、「もっと愛《あい》想《そ》よくして！」とかって、親からしかられるんだろう。

「日曜日、なんかあんの？」

ぼくはレンにワークショップの説明をした。卒業制作《せいさく》のデザインで手こずっているレンは、興味《きょうみ》をひかれたようだった。

「かあさんがいいっていったらな」

「うん、来てよ。参加費二千円だって」

卒業制作、おなじマーブリングのデザインにしたら、みんなからなにかいわれるかな。

そう思ったけど、それはいわないでおくことにした。

かわりに、ぼくはレンにきいた。

「あのさ、不倫《ふりん》って犯罪《はんざい》じゃないじゃん？」

「はぁ？」

「あ、不倫って知ってる？」

レンはあきれ顔でぼくを見る。

「バカにしてんの？　不倫知らない小六なんか、そうそういねーよ」

「だよな。で、不倫ってなんで犯罪じゃないの？」

「唐突《とうとつ》だな、ずいぶん」

「塾《じゅく》で習うんじゃないの、そういうこと」

「習うかよ。入試にそんな問題が出るか」

レンは腕《うで》を組んで考えはじめた。

「うーん、法律《ほうりつ》じゃなくて、倫理《りんり》の問題だから？」

「リンリってなんだっけ？」

「えーと、モ、モラル？」

「よけいわかりにくい」

レンはお手上げのポーズをしてから、電子辞書を取り出した。カバーに塾のマークがついている。きっと成績《せいせき》がいいともらえるってやつだ。

「倫理、モラルとは、人として守り行うべき道。道徳《どうとく》。……だって」

「ああ、道徳か。それなら知ってる。学校の授業《じゅぎょう》でもやるじゃん」

「不倫についてはやらないと思うぞ」

人として守るべきこと、か。でもさ、それって人によってすこしずつちがうよな。あ、そうか、だから犯罪《はんざい》じゃないのか。よくわかんないけど。

「レンって頭いいよね、やっぱ」

「どーも」

いいながら、レンは電子辞書をリュックにしまった。

「どうでもいいけど、なんでいきなり不倫《ふりん》の話？」

「……二年くらい前にさぁ、神崎千里《かんざきちさと》の不倫問題あったじゃん？」

「ああ、バンドのギタリストと？　あったね、そんなこと」

国民的女優《じょゆう》の神崎千里が、人気ロックバンドのメンバーと不倫して、ワイドショーや週刊《しゅうかん》誌《し》で騒《さわ》がれたスキャンダル。ふたりともしばらく活動を休止していたけれど、今は何事もなかったようにふつうにテレビに出ている。

「あのときさ、テレビでそれ関係の話になると、かあさんがそのたびチャンネル替《か》えようとしたんだよね」

ぼくがそういうと、いかにもおとなをバカにしたように、レンは鼻で笑った。

「それって教育にわるいから？」

「たぶんね。でもしばらくして、とうさんがさ」

思い出した。とうさんはあのとき、なにかを考えている顔をしていた。

「そのままでいいよって、かあさんにいったんだ。結局チャンネルは替《か》えなかった」

そういえば、あれはちょうどぼくのヒステリー球が治ったころだった。ほんとうのことを知りたい、たとえ真実を知って傷《きず》ついても、知らないままでいるよりずっといいって、ぼくがとうさんにそういったあとだった気がする。

ぼくはマフラーをぎゅっと巻《ま》き直《なお》した。レンはぼくの話をだまってきいている。

「それってさ、レンはなんでだと思う？」

「……波楽を子どもあつかいしていないから？」

そうなのか？　たしかにとうさんにはそういうところがある。だって自分のほうが子どもみたいなとこあるし。ぼくとおなじくらいにゲームとお菓子《かし》が好きで、きらいなことはなかなかやろうとしない。よく「永遠《えいえん》の少年」とかいうキャッチコピーをつけられていて、スミさんに「それってほめられていないと思いますよ」ってざっくりいわれるまで、かなり調子にのっていた。

「まぁでも、不倫《ふりん》なんて正直よくあるらしいから、隠《かく》すほどのことでもないって思ったんじゃないの」

「よくあるの、不倫って」

「あるらしいよ。うちの離婚《りこん》の原因《げんいん》はそうじゃないけどさ」

じゃあ、レンの家の離婚の原因はなに？

なんて、きかないけどね。これだってぼくなりに、道徳《どうとく》、倫理《りんり》の問題だと思うから。

塾《じゅく》にむかうレンを見送って、ぼくは日置町の駅までもどった。


その日、短編《たんぺん》小説の締《し》め切《き》りが迫《せま》っていたとうさんは、書斎《しょさい》に「お仕事中」カードをぶら下げて、徹夜《てつや》で仕事をしていた。

こういうとき、スミさんはおそい時間まで美萌のめんどうをみてくれる。とうさんがお給料をふんぱつするから、すごくうれしそう。今はふたりでお風呂《ふろ》に入っている。

それをいいことに、ぼくはだれともしゃべらずに、自分の部屋で今日一日のことをゆっくり思い返していた。

凪さんのこと。

凪さんによばれたぼくの名前。

サキさんの灰色《はいいろ》の目。

凪さんの車いす。

マーブリング・アート。

レンとした話……。

ぼくはべつに興奮《こうふん》もしていなければ、動揺《どうよう》もしていなかった。

でも、それはレンのおかげかも。

ギャラリーを出たとき、あそこにレンがいてくれてよかったって、すごく思った。ぼくの親友はいつも無愛想だけど、ぼくのことを気にかけてくれている。

そのことが、すごくうれしかったんだ。

3　マジック　～伝説のマーブルチョコ～

「きのう日置町《ひおきちょう》にいたでしょ。連城《れんじょう》さんと」

芦原《あしはら》はぼくの前の席に座《すわ》ると、ぼくの机《つくえ》の上に両腕《りょううで》をのせてきた。レンもきっとそうなんだろうけど、こういうぐいぐい来る感じが苦手なんだよな。

ぼくは芦原がレンとおなじ日置町の塾《じゅく》に通っていることを思い出した。

「前から思ってたけど、柴田《しばた》ってもしかして連城さんと仲よかったりする？　でも学校ではあんまりいっしょにいないよね」

芦原の「ぐいぐい攻撃《こうげき》」のおかげで、昼休みの教室で注目をあびるはめになった。ぼくはとりあえずその攻撃をかわすことにしてみる。

「ぼくも前から思ってたんだけど、ぼくのこと柴田ってよぶみたいに、連城のこともよびすてにしたら？　なんかへんだよ、『連城さん』」

「でもなんかなれなれしいし、失礼かもしれないし」

「連城がそういったの？」

「そうじゃないけど、連城さんのキャラ的にも、なんかよびすてしにくい」

「でも、連城はぼくたちとおなじがいいって、そう思っているんじゃないかな」

「連城さんがそういったの？」

逆襲《ぎゃくしゅう》されたぼくは、唇《くちびる》を噛《か》む。

「そうじゃないけど」

でしょ？　とでもいいたげに、芦原はドヤ顔で笑った。

だけどぼくだって負けるわけにはいかない。

「でもわかるんだ。ぼくたちは……友だちだから」

すると芦原はまわりを見まわしてから、小声でこういった。

「ほんとうに友だち？」

ぼくはだんだんイライラしてきた。きらいだ、この女。

「友だちだよ。どういう意味だよ。それ以外のなんだっての？」

「けど、みんなそう思ってるよ」

「ふざけんな！」

昼休みの教室に残っていた数人が、キレて立ち上がったぼくのほうを見る。

芦原の顔がぐにゃりとゆがんだように見えた。やばい。泣くか？

そう思った瞬間《しゅんかん》、

「芦原さん、どうかしたの？」

そう声をかけてきたのは、レンだった。

とつぜんの出来事におどろいた芦原は、めずらしく口ごもった。レンがクラスメイトに自分から話しかけるなんてことは、まずない。芦原がどうかは知らないけど、レンの声をはじめてきいたってやつも、きっとまわりに何人かいるんじゃないかな。

レンはろうかにいたみたいだった。さすがに話の内容《ないよう》まではきこえていないと思うけど、ぼくが大声をあげたから、ただごとじゃないと思ったんだろう。

「な、なんでもない。ね？」

芦原がぼくに助けを求めてくる。なんでもなくねぇだろ。ぼくはそう思って、それを完全に無視《むし》した。

レンがするどい目でぼくをにらむように見てくる。こえーよ。

いや、わかってる。レンはべつに怒《おこ》っているわけじゃなくて……。

芦原はレンにつきまとっているけど、それはあくまで「ファン」なのであって、ほんとうのところはぼくのことが好きなんだって、レンはいつもそういう。正直いうと、ぼくもそうなのかなって思うことはたまにある。

自分のことを好きな女子に対して、そういう態度《たいど》はとらないほうがいい。レンはそういいたいんだろう。

でも、なんかいやだった。

芦原にはわるいけど、ぼくにはその「好き」がうれしく思えない。

もしぼくが自分の好きな女子からそんなふうに思われていたら、なんかちょっと死にたくなるよなぁと思って、なんだか芦原のことがかわいそうになってきた。……ぼくってひどい男かもしれない。

「ごめん、芦原。いいすぎたよ」

たちまち笑顔《えがお》になった芦原の後ろで、レンがぼくにむかって「やれやれ」という顔をしていた。

日曜日がやってきた。

朝から美萌《みも》が「きょうだいがほしい」ってうるさい。どうやらテレビアニメに影響《えいきょう》を受けたみたいだ。

「美萌も、おとうとか、いもうとがほしいの。だめ？」

「そうだなぁ、だめってことはないけど」

「マーサちゃんたちみたいに、みんなでいっしょにお風呂《ふろ》に入ったりするの。そしたら、お風呂からモーリーが出てくるかもしれないし」

それはマーサが魔法使《まほうつか》いだからだ。一般《いっぱん》家庭のお風呂からは、水の精《せい》モーリーは出現《しゅつげん》しない。そうつっこみたいのをがまんして、ぼくは目玉焼きを口に入れる。

「ねぇ、パパ、だめ？」

「お風呂なら、美萌にはスミさんがいるだろ。ときどきいっしょに入ってもらってるじゃないか。うらやましい」

「うらやましいとかいうな。エロオヤジ」

「セクハラです、先生」

ぼくとスミさんから一斉《いっせい》に攻撃《こうげき》されて、とうさんはしょぼくれた。

「波楽《はら》、野菜も残さず食べてちょうだい」

スミさんが教育的な口調でぼくに注意する。とうさんはそれをきいてぼくをからかう。

「しかられてやんの」

かあさん不在時《ふざいじ》の、いつもの朝の風景だ。

だけどぼくの心はおだやかじゃなかった。二日前の芦原とのやりとりを引きずっている。

ぼくとレンが友だち同士に見えないのは、しかたのないことなのかもしれない。ぼくたちがふたりきりでいっしょにいると、やっぱりどうしても目立つ。

そういう状況《じょうきょう》から自分を守るために、レンはわざと教室でぼくと距離《きょり》をおいているんだろう。ぼくがいくら気にしないっていっても、レンにとってはそうじゃないのだ。

そういうふうに、ぼくたちが必死に気をつかってやっていることなのに、それを簡単《かんたん》にみんなから見ぬかれているってつきつけられて、ぼくはあんなふうにムカついたんだと思う。

そしてその場面をレン本人に助けられたことが、ぼくのプライドみたいなものを傷《きず》つけた。

きのうはレンの塾《じゅく》がある日だったけど、ぼくはレンがぼくを待っているはずの道を避《さ》けて帰ってきてしまった。

今日は凪《なぎ》さんのワークショップ。ギャラリーの前で、レンと待ち合わせをしている。レンは来るだろうか。

いや、来るんだよな、きっと。あいつがこういうとき、絶対《ぜったい》に逃《に》げないやつだってことを、ぼくはよーく知っている。ぼくはレンのそういうところが好きなのだ。

「そうだ、波楽。また視力《しりょく》が落ちたんだって？」

「ああ、うん……」

スミさんに指摘《してき》されて、ぼくは下をむいた。てっきりゲームのしすぎだってしかられるのかと思ったけど、そうじゃなかった。スミさんは次にとうさんにむかっていった。

「このへんで評判《ひょうばん》のいい眼科《がんか》をさがしてみたんですけど」

両目視力が驚異《きょうい》の2・0で、眼科とは無縁《むえん》のとうさんは、スミさんから手渡《てわた》された資料《しりょう》を見てむずかしい顔をしている。

世の中、不公平だよな。仕事で本読んだりパソコン使ってばかりいるうえに、ゲームだってぼく以上にするくせに、なんでとうさんの視力は衰《おとろ》えないんだ。

「中学に進学する前に、作っておいたほうがいいからな」

「なんの話？」

いやな予感がしてそうきくと、ふたりは口をそろえてこう答えた。

『めがね』

「えーっ、やだよ！」

ぼくが全力で拒否《きょひ》すると、自分だけ仲間はずれにされていると思ったのか、美萌がいらないところにくいついてきた。

「おにいちゃん、めがねするの？」

「しねーよ、いやだよ、似合《にあ》わないよ」

「黒板の字が見えづらいっていってただろ。いちばん後ろの席になったらどうすんだ。ノートに写せなくなるだろ」

「必要なときだけかけるんでいいのよ。かっこいいめがねケース見つけてあげるから」

「コンタクトじゃだめ？　クラスでつけてる子もいるよ」

「いいけど、めがねも作っておいたほうがいい」

「えっ、いいんですか、コンタクト」

スミさんが意外そうにとうさんにきいた。

「子どものうちはあまりよくないって、きいたことがありますけど。角膜《かくまく》に影響《えいきょう》があるとかなんとか」

「中学で部活やるようになると、めがねは不便だろ。スポーツしてると、ずれるからな」

ずれているのはとうさんのほうだ。スミさんもあきれている。

「先生ったら、波楽は美術部《びじゅつぶ》に入るに決まってるじゃないですか。そうでしょ？」

「いや、部活の話はどうでもいいけど、とにかくめがねはいやだよ。似合《にあ》わないって」

「おにいちゃん、めがね似合うよ」

「そうよねぇ、美萌。おしゃれなめがねだって、たくさんあるんだから」

「なにいろの？」

「おにいちゃんに何色が似合うと思う？」

「んーと、ピンク？」

「それは美萌が好きな色でしょ。さすがにピンクはないわ」

「じゃあ、金色。モーリーみたいな」

「美萌、いったんモーリーから離《はな》れて」

テーブルの対角線上で、スミさんと美萌がコントを繰《く》り広《ひろ》げている。そのとき、美萌のとなりに座《すわ》っているとうさんと目が合って、とうさんがなにかいいたそうな顔をしていたから、ぼくは「なに?」と口を動かした。

「いや。いいよ、そんなにいやだったら、ひとまずコンタクトで」

ぼくのとなりで、スミさんの動きがぴたりと止まった。ぼくも調子が狂《くる》う。

「なんだよ、急に。さっきまであんなにめがねっていってたのに」

「そうですよ、波楽はきっといやがるだろうから、いっしょに説得しようって話だったじゃないですか」

やっぱりそうだったのかよ。ぼくはそう思いながら、とうさんの次の言葉を待った。とうさんはめずらしくまじめな顔をしている。

「おれは目がいいから、波楽の気持ちは正確《せいかく》にはわからないんだ。だからこの件《けん》に関しては、おまえの考えを尊重《そんちょう》したいと思ってる。もう自分で考えて決められる年だろ? 波楽がしたいようにすればいい」

希望がかなってうれしいはずなのに、ぼくはなぜか突《つ》き放《はな》されたような気分になって、気持ちがざわざわした。それでつい、とうさんにいやなことをいってやろうって思った。

「どうして視力《しりょく》を遺伝《いでん》させてくれなかったんだよ」

遺伝《いでん》をコントロールできないことは知っている。ただちょっといっちゃっただけだ。

するととうさんは箸《はし》をそろえてテーブルにおき、手を膝《ひざ》の上にのせて、ぼくに頭を下げてきた。

「すまんな。とうさんの力不足だ」

これにはぼくよりもスミさんが動揺《どうよう》して、「やめてください、大げさですよ、先生。わかりました、コンタクトにしましょう」って、ついに折れた。

そのあとの食事中、ぼくはとうさんの顔をまともに見ることができなかった。いってはいけないことをいってしまったあとのような、後味のわるさでいっぱいだった。

ぼくがマーブリング・アート・ギャラリーに着いたのは、ワークショップ開始時間の二十分前だった。さすがにレンはまだ来ていない。

「早いね」

凪さんが車いすの上でマーブルチョコを食べていたので、ぼくはちょっと笑った。

「それ、買ったの？」

「うん。サキにスーパーで買ってきてもらった。けっこう、いけるね」

なんかかわいいな、マーブルチョコと凪さん。明るい色のすくないこの部屋で、マーブルチョコのカラフルなパッケージはきわだっていた。

「ねぇ、シール入ってたでしょ」

「え?」

「おまけのシールが入ってるんだよ」

凪さんは筒《つつ》の中をのぞいて、

「ああ、ほんと」

筒の形にそってまるまった、長方形のシール。凪さんはそれを中から取り出すと、「いる?」とぼくに差し出してきた。

「ありがとう」

べつにいらなかったけど、せっかくなのでもらうことにした。マーブルチョコのキャラクターのシールだ。美萌にあげよう。

ふだんは作品が展示《てんじ》されているテーブルの上に新聞紙がしかれ、透明《とうめい》のトレイが十個《こ》ほどならんでいる。トレイの中には水のような液体《えきたい》が入っていた。それと、木の棒《ぼう》に釘《くぎ》をたくさんさしたようなものや、金属《きんぞく》の棒のようなもの、ブラシのようなもの、そのほかに、絵の具やパレットなど、ふつうの絵画に使う道具も用意してある。

凪さんはマーブルチョコを膝《ひざ》の上にのせて、車いすを窓際《まどぎわ》へ移動《いどう》させた。開けられた窓の調子を確認《かくにん》している。

「今日は風もないし、マーブリング日和《びより》だな」

「風が関係あるの？」

「そう。水面に模様《もよう》を作るときに、風の影響《えいきょう》を受けると思うようにできないからね。そうやってわざと模様をゆがませるっていうやりかたもあるけど、それは上級者むけ」

そういえば、「凪」はたしか「無風状態《むふうじょうたい》」という意味だったはず。おもしろい偶然《ぐうぜん》の一致《いっち》だ。

「風だけじゃなくて、温度や湿度《しつど》も重要だよ。乾燥《かんそう》している日は濡《ぬ》らした紙が端《はし》からまるまってしまうし、雨の日は湿気で紙が乾《かわ》かない。混《ま》ぜる絵の具や液体《えきたい》の濃度《のうど》と割合《わりあい》、そして天候と環境《かんきょう》。そういうものすべてを指して、マーブリングコンディションっていうんだ。季節的には春と秋がいいかな。十一月はマーブリングにはいい時期だと思うよ」

マーブリングのことになると、凪さんの口はとたんになめらかになる。この人はマーブリングが好きなんだなぁと思って、そこまでこの人を夢中《むちゅう》にさせるマーブリングってどんなものだろうって、ぼくはすごくわくわくした。

そうだ、レンのことを凪さんにいわなくちゃ。

「今日さ、ぼくの友だちがひとり来ると思うんだけど、いい？」

「えっ。ああ、そう」

凪さんがちょっとこまった顔をしたので、ぼくはまずいと思った。

「ごめん、予約しなきゃいけなかったんだね」

「うん、でもいいよ。ひとり欠席するって、さっき連絡《れんらく》あったみたいだから。サキに伝えてこよう。これもあげるよ。好きだろ？　チョコレート」

凪さんはそういって、食べかけのマーブルチョコを筒《つつ》ごとぼくにくれた。

あれ？　チョコレートが好きだなんて、ぼく、凪さんにいったっけ？　どうして知ってるんだろう。まぁ、チョコレートがきらいな子どもなんて、そんなにいないか。

凪さんが車いすを動かして奥《おく》の部屋へむかうところを見ていたら、このギャラリーがバリアフリーになっていることに気がついた。

車いすで生活するのって、大変なのかな。大変だよね、きっと。凪さんは「けが」だっていったけど、どうしてけがしたんだろう。きいていいかな。いや、きかないほうがいいか。

「波楽」

自動ドアが開く音と同時に、ぼくをよぶ声がした。レンだ。

「あ、ああ」

ああ、じゃねぇよ。なんかほかにいうことあるだろ。でも言葉が出てこない。

なんとか左手を上げると、レンはほっとしたように笑って、ぼくとおなじようにした。

レンはギャラリーの中を見まわしながら、ぼくのほうへ歩いてくる。赤いニット帽《ぼう》をかぶっていた。ジーンズと黒いトレーナーの上から、迷彩柄《めいさいがら》のコートをはおっている。それと、子どもむけにしてはゴツいブーツ。いつものきちんとした格好《かっこう》より、だんぜんレンに似《に》合《あ》っている。

「……食べる？」

レンにむかってマーブルチョコを差し出すと、レンはそれを受けとってくれた。そして軽く肩《かた》をすくめながらクスッと笑う。

「ま、気にすんなよ」

きのう待ち合わせをすっぽかしたことについて、レンはなにもいわなかった。

ぼくはたちまちなさけない気持ちになる。

助けてもらったくせに、お礼もいわずにレンから逃《に》げた。すごく子どもっぽいことをした。思い出すだけで、はずかしくなってくる。顔が赤くなっているのを見られるのがいやで、ぼくはレンから顔をそむけた。

「……ごめん、きのう」

「だから、気にすんなって」

ぽんっ。

レンが筒《つつ》のふたを開けた音がした。

からっ、からっ、からっ。

マーブルチョコを手のひらにのせる音。

ぽり、ぽり、ぽり……。

これはマーブルチョコを食べる音。

レンが無言でぼくをつついてきた。筒をななめにして、ぼくのほうにむけている。

ぼくは手のひらを出した。ぼくたちはふたり、だまったままでマーブルチョコを食べる。

すると、レンがとつぜんいった。

「はじめて食べた、これ。おいしいね」

「へぇ、凪さんとおなじだ」

そういえば、レンの家に遊びにいったときに、コンビニやスーパーのお菓子《かし》が出てきたことは一度もない。手作りケーキとか、無添加《むてんか》の箱入りクッキーとかが出てくる。スナック菓子は体にわるいなんていわれて、食べさせてもらえないんだって。だからうちのとうさんがLサイズのポテチを抱《かか》えてテレビを見ている姿《すがた》を見て、レンは口をあんぐり開けていた。

レンはマーブルチョコを食べながら、

「凪さんて、だれ？」

「……ぼくの親せき。ここのオーナー」

それ以上なにかきかれる前に、ぼくは話をそらした。

「その靴《くつ》、カッコいいな。学校にもはいてきたらいいじゃん、そういうの」

「ブーツは禁止《きんし》だろ」

「え、そうだっけ。なんでだろ。おしゃれっぽいから？」

「ちっげーよ、下駄箱《げたばこ》に入らないからだろ」

「ああ、そっか」

よしよし、いいぞ。いつもどおりの会話がもどってきた。

そのとき、ギャラリーの奥《おく》から凪さんとサキさんが姿《すがた》を見せた。凪さんの車いすを、サキさんが押《お》している。

「いらっしゃい」

レンがこくりと頭を下げた。

「ぼくの友だちで、レンっていうんだ」

「連城です」

ふたりはだまったまま、ぼくとレンを交互《こうご》に見くらべたけど、特になにもいわなかった。

そのことに、ぼくはとてもほっとした。

そのあと、ワークショップの参加者が続々とギャラリーに集まってきた。

ぼくたち以外に六人。おかあさんと子どものペアが二組いた。ふたりとも美萌よりすこし小さくて、幼稚園児《ようちえんじ》くらいの女の子だ。それと、大学生くらいの女の人がふたり。全員女の人だったから、ぼくはちょっと居心地《いごこち》がわるいような気持ちになった。

カウンターで受け付けをしている凪さんを見ながら、レンはいった。

「凪さんって、カッコいいじゃん。でもなんか……」

レンはぼくを見た。そして今度は凪さんを見る。そしてまたぼくを見た。

レンが続きをしゃべろうとした瞬間《しゅんかん》、後ろから声をかけられた。

「ふたりで来たの？　小学生でしょ？　仲いいね」

大学生のふたり組だった。ひやかすような口調に、ぼくは身がまえる。

「……仲いいですよ。友だちだから。な？」

ぼくがせっかく「友だち」を強調してそういったのに、レンはにこりともせずにそっぽをむいた。オイ。

大学生たちは顔を見合わせて、にやにや笑っている。

「ただの友だち？　ほんとう？」

「レミってば、今はまだって意味でしょ」

「あ、そっか」

その人はぼくの肩《かた》をたたきながらいった。

「そういうことなら、がんばってね」

「かわいいよねー、小学生カップル」

やめろ。

吐《は》き気《け》がした。こいつら芦原よりタチがわるい。

そんなふうにいわれて、レンがどんなふうに感じるか、おまえらはなんにもわかってない。本人が友だちだっつったら、友だちなんだよ、くそっ。

そのとたん、のどの奥《おく》からなにかがはい上がってくるみたいな、強烈《きょうれつ》な不快感《ふかいかん》を覚えた。のどにつっかえているヒステリー球のせいで、それは口から出てこられない。苦しい。なんだこれ。

ぼくはマフラーで思いきり自分の首をしめた。

「えっ」

おどろいたレンが、ぼくの手をマフラーから外そうとしてくる。

「やめろ、波楽！」

ヒステリー球は首をしめると楽になるんだ。もっとしめなきゃ。もっと、もっと。

凪さんが遠くでなにか叫《さけ》んだ気がした。

ぼくが覚えているのは、そこまでだ。

気がついたら、知らない部屋にいた。そこが病院ではなさそうなことと、まだ外が明るいことにほっとした。

「起きたか」

凪さんがぼくの顔をのぞきこんできた。

畳《たたみ》のにおいがする。もしかしてギャラリーの奥《おく》の部屋かな。凪さんは畳の上に座《すわ》っていた。部屋の入り口にフローリングの部分があって、車いすはそこにある。

「うちに連絡《れんらく》しちゃった？」

凪さんが首を横にふったので、ぼくはほっとした。

「でも今からしようと思ってたところだよ」

「しないで。ひとりで帰れるから。とうさんに知られたくないんだ」

凪さんは考えるような表情《ひょうじょう》で、ぼくを見ている。そうだよね。ふつうのおとななら、親に知らせないわけにはいかないだろう。だけど凪さんだって、とうさんに連絡なんかしたくないだろうし、とうさんのほうは凪さんの声すらききたくないはずだ。ここはなんとか説得しなくちゃ。

あれ、そういえば……。

「ワークショップは？　凪さん、ここにいていいの？」

「そんなことはどうでもいい。サキがかわりにやってるから。きみの友だちもまだいるよ」

それをきいて、ぼくが想像《そうぞう》したよりも時間がたっていないのだなとわかった。よかった。ちょっとだけ安心したぼくは、凪さんに状況《じょうきょう》の説明をした。

「たいしたことないんだ。のどに物がつまっている感じがするだけ。そういう感じがするだけで、ほんとうはなにもつまってないから平気。なんとなく楽になる気がしてマフラーしてるんだけど、さっき発作《ほっさ》みたいになって、パニクってついしめすぎちゃった」

すると凪さんは自分ののどを触《さわ》った。

「咽喉頭異常感症《いんこうとういじょうかんしょう》だろ?」

「いん……?」

「咽喉頭異常感症」

「インコートー、イジョーカンショー?」

呪文《じゅもん》にしかきこえない。でも凪さんがのどを触っていたから、なんのことか予想はついた。

「もしかしてヒステリー球のこといってる?」

「そうともいうね。ぼくもむかし、なったことがある」

「うそっ」

「もう治ったけどね。若《わか》いころになりやすい病気だよ」

そんな人、まわりにいたことないよ。ぼくは凪さんにとびついた。

「どうやったら治ったの？」

凪さんは「うーん」となって、

「さっきのマーブルチョコ、どうした？」

って、ぼくにきいた。なんでいきなりマーブルチョコの話に。

「ごめん、レンにあげちゃった」

「ああ、そう。じゃあ、まずはマフラーとって、それから目をつぶって」

「うん？」

よくわからなかったけど、ぼくはとりあえずいわれたとおりにした。

凪さんが畳《たたみ》の上をはっている音がして、そのあとで、引き出しを開けるような音がした。

そして、凪さんがぼくの前にもどってきた気配。

「いいか？　よくきいてイメージするんだ。きみのおなかの中に、さっき食べたマーブルチョコが一粒《ひとつぶ》」

「一粒？　食べるとき嚙《か》んじゃったけど」

「イメージでいい」

「ふぅん。色は？」

「白」

「マーブルチョコに白なんかないよ」

「あれ、そうだっけ。……じゃあ、伝説のマーブルチョコ」

「ええ？」

ぼくはおかしくなって、目を閉《と》じたまま笑った。だけど凪さんは大まじめだ。

「お菓子《かし》メーカーのいたずら心で、この世のどこかにたった一粒《ひとつぶ》だけ、白いマーブルチョコがある。それが伝説のマーブルチョコだ。偶然《ぐうぜん》それを見つけたきみは、感動のあまり嚙《か》まずに飲みこんだ」

「無理があるよ」

しーっ。凪さんが人さし指を口にあてているのがわかる。

「その白いマーブルチョコが、きみが息を吐《は》くとだんだんのどから上がってくる。見てみたいだろ？　伝説のマーブルチョコを。よし、目を開けて」

まるで透明《とうめい》のロープを引くような仕草で、凪さんはぼくののどからなにかを引っぱり出そうとしている。パントマイムだ。すごく真剣《しんけん》な顔つきだった。ぼくもつられて真剣になる。

「息は吐《は》きつづけて。吸《す》いたくなるまでずっとね」

どんどんロープを引く凪さん。ぼくはこれ以上吐けなくなったところで、

「はあっ！」

思いきり、息を吸った。

そのとき、凪さんがとても大げさに後ろに倒《たお》れた。たとえば海で釣《つ》りをしていて、とんでもない大物が釣れたときみたいに。

パタッ
そんな音がして、ぼくの目の前に落ちてきたものがあった。

伝説のマーブルチョコ？

なんて、そんなわけはない。これは、白いビー玉……？　いや、おはじきだ。ぼくののどの奥《おく》から、飛び出してきたように思えた。凪さんが釣り上げたんだ。

「すごい、手品《マジック》みたい。のどから出てきたのかと思った」

「魔法《マジック》だよ。もう治ったろ？」

「えっ？　あっ、ほんとうだ！」

のどの違和感《いわかん》がなくなっている。すげぇ！

「いわゆるイメージ療法《りょうほう》。再発《さいはつ》したら、またおなじようにやってもらうといい。真剣《しんけん》にやればやるほど、きっと効果《こうか》があるから」

倒《たお》れたままの姿勢《しせい》で横になっているその人に、ぼくはお礼のつもりで自分の手を差し出した。凪さんはちょっとためらってから、ぼくの手をとって起き上がる。

「ねぇ、これ、記念にもらっていい？」

これがぼくのヒステリー球。ぼくは白いおはじきを手のひらにのせた。

「いいよ。……そういえば」

凪さんはふと思いついたようにいった。

「おはじきって、英語でマーブルっていうんだよ。マーブルチョコのマーブルは、そこからきてるんじゃないかな」

たしかに、手のひらの白いおはじきは、伝説のマーブルチョコに見えなくもなかった。

ぼくがギャラリーにもどると、レンはほっとした顔をした。ぼくの姿《すがた》を見て、サキさんがかわりに奥《おく》の部屋にいく。凪さんが車いすに乗るのを手伝うのだろう。

レンはエプロンをつけていた。テーブルの上に水の入った浅いトレイがあって、水面にきれいな色の三重の円ができている。外側から赤、黄色、青。

「どうしたんだよ、波楽。ビビった」

「ごめん、もう治ったから」

カッコわるいな。自分で首をしめて、勝手にぶっ倒《たお》れるなんて。

こんな自分を、ほんとうはレンに見られたくない。

レンはほかにもなにかききたそうにしていたけど、ほかの人たちがぼくたちの会話をきいているのがわかったので、やめてくれた。ぼくがああなったことに責任《せきにん》を感じているのか、大学生ふたりは気まずそうにだまっている。

「きれいじゃん」

「うん、おもしろいよ。さっき作ったのが、そっち」

レンがテーブルの中央を指した。紙を乾《かわ》かす台の上に、三重になった四つ葉のクローバーが写《うつ》し出《だ》されている。水面に浮《う》かんだ絵の具を写しとって、あんなにきれいに模様《もよう》が浮かび上がるのか。

「ふしぎだな。なんで水面から模様が写るんだろう」

「この水がふつうの水じゃないんだよ。のりみたいなのが混《ま》じってるんだ。その分量にコツがいるんだって」

「絵の具はふつうの水彩《すいさい》絵の具？」

「そうみたい」

「クローバーって、どうやって作るの？」

「見て」

レンはそういうと、用意されていた金属《きんぞく》の棒《ぼう》で、自分のトレイの中に少量の絵の具をたらした。すると絵の具がまるーく水面に広がって、きれいな円ができるのだ。円の上からさらに別の色の絵の具をたらすと、二重の円になる。そしてその円を、時計でいうと三時と六時と九時と十二時のところで、ちょうど四等分になるように、棒を使って外側から中央にむかって割《わ》った。すると、円がゆがんで四つ葉のクローバーに変わる。

「おおお、なるほど」

「な？」

感動しているぼくにむかって、レンはにっこり笑いかけてきた。ぼくは心の中でもう一度「おおお」と叫《さけ》ぶ。そんな笑顔《えがお》、百年ぶりくらいに見たぞ。なんだかやけにサービスがいい。ぼくが倒《たお》れたから、心配してくれているのかな。

「よし、じゃあ波楽くんもいっしょにやろう」

車いすでもどっていた凪さんが、ぼくの名前をよんだ。「波楽くん」というよびかたが、微妙《びみょう》に不自然にきこえる。

花びらの形をしたパレットに、サキさんがぼくのぶんの絵の具を出してくれた。


マーブリングの模様《もよう》には、名前があるんだって。

小石模様、櫛目《くしめ》模様、矢羽模様、孔雀《くじゃく》模様、渦巻《うずま》き模様、静脈《じょうみゃく》模様……。名前をきいただけで、どんな模様なのか想像《そうぞう》するのが楽しいね。

まずは定番の小石模様。色とりどりの小石が散らばったような模様だ。これは絵の具をたらすだけで作ることができる。この小石模様から、さまざまなバリエーションが生まれる。

たとえば、小石模様を金属《きんぞく》の棒《ぼう》を使って自由に混《ま》ぜ、左から右、右から左に、ゆっくりとジグザグに動かす。そのあとで、コーム（櫛）とよばれる板に釘《くぎ》をさしたようなものを使って、上から下へすっと通す。すると、レースが何重にもなったような美しい模様ができる。

櫛を使って作るから、櫛目模様だ。

ぼくはこの櫛目模様《くしめもよう》に挑戦《ちょうせん》した。紙を水面に落とすときは、ちょっと緊張《きんちょう》。水面で紙がカールしないように、両端《りょうはし》を軽く押《お》さえる。模様はいっしゅんで水面から紙にきれいに写ってしまうから、それがすごくおもしろい。ぼくの作った櫛目模様は、なかなか好評《こうひょう》だった。

「色の組み合わせが素敵《すてき》ねぇ」

「ほんとうにはじめてやったの？」

みんなからそうほめてもらった。

ほかにも、油をたらしたり、紙が乾《かわ》いてからもう一度マーブリングしたり、そんな裏技《うらわざ》もあるんだって。それと、さっき凪さんもいっていたように、紙を水面につけるときにわざと揺《ゆ》らして模様をゆがませたりする方法もある。そうすると、カーテンが波打っているような、陰影《いんえい》模様ができあがる。凪さんはそれをぼくたちに見せてくれた。みんなが凪さんを「先生」とよび、水面に現《あらわ》れた個性的《こせいてき》な模様を見ては、「わあ！」と歓声《かんせい》があがる。

ぼくの櫛目模様は色がきれいでも、模様そのものは単純《たんじゅん》で変化が足りないし、そもそも、いわれたとおりに混《ま》ぜただけで、模様をコントロールできていない。すごいのは、凪さんもサキさんも、絵の具を混ぜる段階《だんかい》で、どんな模様になるかをはっきり想像《そうぞう》できている、というところだ。

「でも、予想どおりにならないこともあるんです」

「そこがマーブリングのいちばんの魅力《みりょく》かな。おなじものを作ろうとしてもなかなかむずかしいし、失敗が作品に化けることもある。偶然《ぐうぜん》から生まれるアートですね」

ぼくたちにむかってふたりは最後にそういって、ワークショップを締《し》めくくった。

ワークショップが終わって、ぼくとレン以外のお客さんが全員帰ったあと、ぼくたちは片《かた》づけを手伝った。

マーブリングは使う道具が多いから、準備《じゅんび》も大変だっただろうな。足の不自由な凪さんひとりきりでは、きっとかなり時間がかかるだろう。

そういえば、凪さんもサキさんも、マーブリングの「インストラクター」を名乗っていた。凪さんだけではなく、サキさんも先生なのだ。

最後にテーブルを移動《いどう》させるとき、凪さんが居場所《いばしょ》にこまっているのを見て、サキさんがやっていたみたいに、ぼくは凪さんの車いすを押《お》そうとした。

でも、できなかった。凪さんがそれを拒《こば》んだから。

「そういうことはしなくていいから」

ぼくがこれまできいた凪さんの声の中で、いちばんきついいいかただった。遠慮《えんりょ》してるわけじゃなくて、ほんとうに押《お》されたくないみたい。凪さんにそんな態度《たいど》をとられたことがショックで、ぼくは思わず口ごもった。

「平気？」

レンがぼくを気づかうように小声でいってきたから、なおさらみじめな気分になった。ぼくの様子に気がついたのか、凪さんはふりかえっていった。

「ごめん。その、きみに押してほしくなかったわけじゃないんだ。ごめんね。ただ……」

凪さんがなにかをいいにくそうにしているので、ぼくはピンときて、先まわりした。

「わかるよ、なんとなく。それで合ってると思う。ぼくたち、あんまり仲よくなっちゃいけないってことでしょ？」

凪さんはなんともいえない表情《ひょうじょう》でぼくを見ている。

凪さんがあまりにもふつうの人だったから、ぼくはすっかりわすれていた。マーブリングを教えてほしいだなんて、ほんとうはたのむべきじゃなかったのかもしれない。

だってぼくたちふたりは、どう考えてもふつうの関係じゃないから。凪さんはとうさんを不幸にさせた人。とうさんはきっと凪さんを憎《にく》んでいる。ぼくがここに来ているって知ったら、キレるかもしれないし、ヘコむかもしれない。

気をきかせてくれたサキさんが、レンを手招《てまね》きして奥《おく》の部屋につれていった。それを見て、そうか、サキさんは知っているんだな、とぼくは思った。

ぼくは車いすの上の凪さんを、近い距離《きょり》から見下ろした。この人の顔をはじめて見たときに、ぼくには気づいたことがある。

絵の具のついた左手を、ぼくは右手で握《にぎ》りしめる。そして、小さく深呼吸《しんこきゅう》した。大丈夫《だいじょうぶ》、こわくなんかない。

「ひとつだけききたいことがあるんだけど」

華子《かこ》さんはどうして亡《な》くなったの？

するはずだったその質問《しつもん》は、別の言葉に替《か》わってぼくの口から出た。

「華子さんの血液型《けつえきがた》を知りたいんだ」

凪さんはおどろいていなかった。きかれると思っていたのかもしれない。

「……ごめん。知らない」

そんなのうそだ。そうやって逃《に》げるんだな。おとなのくせに。

「ちなみにだけど、ぼくはAB型だよ」

ぼくが強気にそういうと、凪さんは苦しそうな顔で目を泳がせた。ぼくが望んだ答えは、とうぜん返ってこない。

そういうふうに肝心《かんじん》なところで逃《に》げるとこ、凪さん、だれかにそっくりだよ。

「もういいよ、帰る」

そういい捨《す》てて、ぼくはギャラリーから飛び出した。

早歩きで駅にむかうぼくを、レンは小走りで追ってくる。

「なぁ、待てよ。あの人は波楽のなんなの？」

「親せきっていったじゃん」

「そんなのうそだろ。おい、ちょっと止まれって」

レンは後ろからぼくの左手をつかんだ。

「波楽はいつもそうだ。肝心なことをぼくにいわない。カッコつけたいんだよ、ぼくの前で。そういうのやめろよ。そんなのって友だちじゃないだろ」

ぼくはムカついて、レンを思いきりにらんだ。

「レンだってそうだろ⁉」

気がつくと、ぼくはレンの手をふりはらっていた。

「なんでクラスで無視《むし》すんだよ！」

ちがう、そんなことがいいたいんじゃない。わかってるよ。レンはしたくてそうしてるわけじゃない。

レンはぼくにふりはらわれた左手を、今度はぼくの肩《かた》においた。逃《に》げずに立ちむかう。こいつのこういうところ、ホントかなわない。

「ぼくと仲よくしてると、波楽がいやな目にあうよ。さっきだっていわれたろ？」

「……そんなの、ぼくは平気だよ」

「ぜんぜん平気に見えねぇんだよ！」

ついにレンはキレて、ぼくの服の胸《むね》の部分をつかんできた。

「おまえのは無理に平気になろうとしてるだけだろ！　そういうのって逆《ぎゃく》にストレスなんだよ！　わかれよ！」

「ストレスってなんだよ！」

「ストレスはストレスだよ、バカ！」

ぼくたちはすごく近い距離《きょり》でにらみあった。

夕方の商店街で叫《さけ》びあうぼくたちを、おとなたちが遠くから心配そうに見ている。目の前の和菓子屋《わがしや》から出てきた背中《せなか》をまるめたおばあちゃんが、

「けんかしないでねぇ」

って、にこにこ笑いながらのんき気な口調でいった。

ぼくたちはそれに調子を崩《くず》されて、おたがい一歩ずつ後ずさる。

レンはぼくをまっすぐ見て、今度は静かにいった。

「波楽を巻《ま》きこみたくない」

「巻きこめよ。友だちだろ?」

レンはこまりはてた顔で、うつむいた。

「……できないよ」

そうか、できないか。なら、しょうがない。

「わかったよ。もう二度と話しかけねぇよ。ぼくだって正直いろいろめんどうなんだよ」

いったそばから後悔《こうかい》したけど、もうおそい。レンはふいっと後ろをむいて、走っていってしまった。

ぼくのバカヤロウ。

4 左ききの孤独《こどく》

朝、学校の最寄《もよ》り駅《えき》で、クラスメイトの須藤《すどう》から声をかけられた。

須藤とぼくは出席番号が近い。ぼくたちの学校は席がえをしない決まりになっているから、須藤とはずっと席が近くて、クラスでもわりと話すほうだ。話すけど、仲がいいかってきかれると、仲はよくないと思う。というより、ぼくは須藤が好きじゃなかった。人がいやがることを、けっこう平気でいうやつだから。

学校までいっしょに歩かなきゃならないのか。ぼくはうんざりしながら、それを顔に出さないように気合を入れた。

「最近、連城《れんじょう》といっしょに帰ってないんだな」

須藤はそういいながら、磁気《じき》カードをタッチさせて改札を出た。

やっぱりその話か。ぼくとレンがこっそりいっしょに帰っていることは、たぶんクラスでうわさになっている。レンがそれに気づいているかどうか、知らないけど。

日置町《ひおきちょう》の商店街で口げんかをしてから、もう三日、ぼくはレンと口をきいていない。学校内で話さないのはもちろんのこと、いっしょに帰る習慣《しゅうかん》もストップしている。レンは月に何度か病院通いをしていて、その病院が遠くの町にあるため、学校を早退《そうたい》する日がたまにあるのだ。それに塾《じゅく》の休講《きゅうこう》なんかも重なって、いっしょに帰る機会がたまたま見つからない。もちろん、そのことでだれよりほっとしているのは、ぼくだけど。

ぼくがなにもいわないでいると、須藤は別の角度から攻《せ》めてきた。

「よかったじゃん。あいつって、やっぱりちょっとへんだしさ」

挑発《ちょうはつ》にのるな。ぼくは冷静でいようとがんばった。

「へんなんかじゃない。連城はいいやつだよ」

「でも柴田《しばた》だって覚えてんだろ？　五年のときの髪《かみ》のアレ、」

ぼくは足を止めた。いいかげんにしろ。

「やめろって、そういうの」

「なんだよ、やっぱりおまえら、そういう関係なわけ？　女子たちがそんなうわさしてたけど、おれはうそだと思ってたのに」

「そういうんじゃないよ。いっしょに帰ったっていいだろ。友だちなんだから」

須藤は薄《うす》く笑いながら、これまでに何度かいわれたことのあるせりふをいってきた。

「ホントに友だち？　そんなふうには見えないんだけど」

芦原《あしはら》も、ワークショップの大学生たちも、そうだった。ぼくとレンはどうしても友だち同士に見えないらしい。いくらぼくがレンを友だちだと思っていても、そんなのは関係ないんだ。みんなほんとうのことを見ようとしない。

そう思っていたぼくにとって、次に須藤がいったことはとてもショックだった。

「主におまえがさ」

「えっ」

「連城はおまえを友だちだって思ってんのかもしんないけど、おまえのほうは、なんかちょっとそうは見えない」


ぼくは気がつくと日置町に来ていた。

見上げると、今にも泣き出しそうな空の色だった。雨が降《ふ》るんだろうか。十一月に入ってから、一度も雨を見ていない気がする。

生まれてはじめて学校をサボった。これまで日置町に来るときにそうしていたように、ぼくは念のため携帯《けいたい》電話の電源《でんげん》を切る。ＧＰＳ機能《きのう》でとうさんから追跡《ついせき》されないようにするためだ。

須藤には「気分がわるいから家にもどる」ってうそをついた。

学校を無断《むだん》欠席したら、どういうことになるんだろう。まずは先生からとうさんに連絡《れんらく》がいくはずだ。ＧＰＳが作動していないことを知ったら、とうさんは警察《けいさつ》に通報《つうほう》するだろうか。そうなったらさすがにまずいよな。だけど楽観的なとうさんは、たぶん「すこし様子を見よう」っていうと思う。運がよければ、ぼくが途中《とちゅう》で引き返したことを須藤が先生に伝えて、先生はそれで納得《なっとく》、何事もなくおさまるかもしれない。

凪《なぎ》さんはぼくを見ると、学校の先生みたいな顔と声で、ぼくを問いただした。「学校はどうした？」

その日、凪さんはめがねをかけていた。黒いフレームのめがねだ。

「凪さんも目がわるいんだね。ふだんはコンタクト？　はじめてめがねかけたのって、何歳《なんさい》のときだった？」

凪さんからの質問《しつもん》には答えずに、ぼくは早口でそういった。

「なにしに来たんだい？」

「用事がないと、来ちゃいけないの？」

「今日は学校がある日だろ？」

おたがいに質問ばかりで、会話になってない。

「今日、サキさんは？」

「画材の買い出しだよ」

やっと答えが返ってきた。ぼくのねばり勝ち。ぼくは通学用かばんをカウンターの上においた。

「いつもお客さんがいないけど、ちゃんと売れてるの？　ここの絵って売り物なんでしょ？」

「この前のワークショップで、マーブリングの初心者セットと、サキの雑貨《ざっか》が売れたよ」

ギャラリーの中央のテーブルには、サキさんが作ったマーブリング模様《もよう》の雑貨が展示《てんじ》されている。ハンカチやレターセットや、木製《もくせい》のおもちゃなんてのもあった。でも、それぐらいじゃとても生活できないと思うけど。ああそうか、凪さんはお金持ちの家の人だって、サキさんが前にいっていたっけ。

そんなことより、ぼくは凪さんにいわなきゃいけないことがある。

『この前は……』

まったく同時におなじことを口に出したぼくたちは、思わずふきだした。その先に続く言葉も、きっといっしょだね。

「この前は、へんなこといってごめんなさい」

「いや、こっちこそ」

凪さんは携帯電話《けいたいでんわ》を取り出すと、なにか文字を打ちはじめた。そのあいだに、ぼくはカウンターの近くに立てかけてあった折りたたみのいすに座《すわ》る。

「……ねぇ、とうさんにはききにくいから、教えてほしいんだ。華子《かこ》さんって、どんな人だった?」

「きれいな人だったよ」

「写真とかある?」

「ないんだ。事故《じこ》のときに燃《も》えちゃったから」

事故? 華子さんは事故で亡《な》くなったんだろうか。燃えちゃったってことは、もしかして、火事とか……？

「事故《じこ》って？」

「それも知らないのか」

凪さんは携帯電話《けいたいでんわ》をしまうと、ちょっと同情《どうじょう》したようにぼくを見た。

それはぼくへの同情？　それとも、華子さんへの……？

「とうさんは華子さんの名前しか教えてくれなかった。まぁ、ぼくもそれ以上はしつこくきかなかったけど、きいていたとしても、教えてくれなかったと思う」

ぼくは凪さんに話した。これまでにあったいろんなこと。とうさんの再婚相手《さいこんあいて》であるかあさんのこと、妹の美萌《みも》のこと、じいちゃんのお葬式《そうしき》で凪さんの「不倫《ふりん》の末の略奪《りゃくだつ》」を知ったこと、そして、とうさんの書斎《しょさい》で葉書を見つけたことと、それをきっかけにヒステリー球が再発したこと。

凪さんはぼくの話に相槌《あいづち》を打ちながらきいてくれた。だけど、自分のことや華子さんのことは、やっぱり多くは教えてくれなかった。なにか大きな力のようなものが働いていて、それが凪さんの言葉を内側に押《お》しこめているような感じがした。

ぼくはけんか中のレンのことも話した。レンがどんなにいいやつかってことや、クラスメイトから関係を疑《うたが》われてムカついているってことも。「関係を疑われて」っていったときに、凪さんが笑いをこらえたのがわかった。だって、ほかにどういえばいいんだよ。

「波楽《はら》くんにとって、大事な子なんだな」

「……そのさ、『波楽くん』っていうの、やめない？　なんかくすぐったいんだよね。波楽でいいよ」

ぼくが近寄《ちかよ》ろうとすると、凪さんはあわてて遠ざかる。

「それはできないよ」

「そういうと思った」

まるで波をこわがる臆病《おくびょう》な子どもみたいだね。だからぼくはつい、おだやかな水面に風をふかせてみたくなる。

「怒《おこ》ってるわけじゃなくて、単純《たんじゅん》に疑問《ぎもん》なんだけど」

凪さんはぼくの言葉をだまってきいている。

「凪さんはやさしい人なのに、どうしてとうさんを不幸にしたの？」

凪さんは下をむいてしまった。ぼくは純粋《じゅんすい》で残酷《ざんこく》な子どものふりをして、いくらでも凪さんを傷《きず》つけることができる。

ゴロゴロゴロ……

窓《まど》の外からそんな音がきこえたかと思ったら、ギャラリーの窓に大粒《おおつぶ》の雨がぶつかるようにあたりはじめた。

「傘《かさ》、持ってこなかった」

「……大丈夫《だいじょうぶ》」

大丈夫のあとに続く言葉はなんだろう。「そのうちやむよ」？　それとも、「傘なら貸《か》してあげるよ」？　そのどちらでもなかったってことが、三十分後にわかる。

大雨の中、大きな黒い傘をさして、予想外の人物がギャラリーにやってきたのだ。ぼくはびっくりしすぎて、こうきくのがやっとだった。

「なんでここがわかったの？」

こんなことにならないために、携帯《けいたい》電話の電源《でんげん》を切ったはずだった。その人は凪さんに頭を下げた。

「波楽がお世話になりました。波楽の家の家政婦《かせいふ》です」

「ちょっと、きいてる？　なんでここがわかったのさ」

ぼくが問いつめると、スミさんはきょとんとした。

「なんでって、先生にここにむかえにいくようにいわれたのよ。もうじき大雨になるから、むかえにいってやってくれって」

「とうさんに……」

ぼくの背筋《せすじ》につめたいものが走った。くそ、やられた。さっき凪さんが文字を打っていたのは、これか。ぼくが凪さんのほうを見ると、凪さんはすぐにぼくにあやまった。

「ごめん。でも、学校のある時間に、こんなところにいちゃいけない」

「ぼくがここに来てること、もしかしてとうさん知ってるの？」

そうじゃないって、いってくれ。そう思ったけど、無情《むじょう》にも凪さんはうなずいた。

「実はね、きみがここにはじめて来るより何日か前、柴田さんから先に連絡《れんらく》があったんだ」

「……なんて？」

「『息子《むすこ》がそっちにいくかもしれんから、よろしく』って、それだけ」

とうさんと凪さんが連絡をとりあっている……？　そんなことってあるんだろうか。とうさんは凪さんを憎《にく》んでいるはずなのに、どうして……。

ぼくの目の前がゆっくりと暗くなっていく。ぼくはとうさんを傷《きず》つけてしまった。

スミさんの車で家にもどるころには、空はすっかり晴れていた。

そのままスーパーにいくというスミさんと別れ、ぼくはひとり、足を引きずるようにして、とうさんの待つ家に帰った。

「た、ただいまぁ……」

ビクビクしながらドアを開けると、奥《おく》からすぐにとうさんが現《あらわ》れた。

「波楽。大事な話があるから、こっちに来なさい」

とうさんの書斎《しょさい》に入るのは、あの日以来だ。凪さんからの葉書を見つけた、十一月の最初の日。

とうさんは仕事用の机《つくえ》のいすにぼくを座《すわ》らせて、自分は部屋のまんなかにあるひとりがけのソファに座った。ぼくたちのあいだには、脚《あし》の短いテーブルがひとつ。その上に、とうさんの最新作の単行本がのっている。

「まずは注意しとくが、学校をサボるときは、いき先を告げてからにしなさい。心配するから」

「……ごめんなさい」

つっこめる立場じゃないからいわないけど、とうさんの注意の仕方は、やっぱりどこかずれている。ふつう、サボっちゃだめだっていわないか？　いき先いったらサボってもいいのかよ。

とうさんはむずかしい顔をしてちょっと考えたあと、ぼくにこうきいた。

「波楽は、とうさんじゃなく、華子に引きとられたかったか？」

なんだか的はずれな質問《しつもん》だなと思った。

そういえば、とうさんが華子さんの名前をよぶのをはじめてきいたなって、ぼくもぼくで的はずれなことを考えている。

「あのさぁ、そんなわけないいじゃん。本気でいってる？　ぼくはなんにも覚えていないんだよ、その人のこと」

「そうだよな」

とうさんはほっとしたような顔をした。

「ねぇ、前にもきいたと思うけど、華子さんはどうして死んじゃったの？」

「その話か……」

とうさんはポケットに手を入れて、煙草《たばこ》を取り出した。無意識《むいしき》に手が動いたって感じだった。

「やめてよ、煙草《たばこ》」

ぼくがそう止めたら、とうさんは「ああ、すまん」とあやまった。

「事故《じこ》だよ。自宅《じたく》の火事だったんだ。華子は逃《に》げおくれて亡《な》くなった」

やっぱりそうなのか。べつに隠《かく》すような理由じゃないじゃないか。隠されたせいで、ぼくはいろいろと勘《かん》ぐってしまった。もしかして自殺でもしたのかな、とまで考えた。

「それ、どうしてぼくに隠してたの？　ショック受けるとでも思った？」

「え？」

「だから、華子さんが死んじゃった理由、前にきいたときは教えてくれなかったじゃん」

やっと意味がわかったらしく、とうさんは「ああ」とうなずいた。そしてちょっとだけ笑った。

「子どものころにはありがちなことだけど、すべてが自分のために動いていると思ったら、大まちがいだぞ」

「え？」

「べつにおまえのためじゃない。とうさんがいえなかったんだよ。かなしい気持ちを思い出したくなかったから」

「かなしかったの？」

「そりゃあ、かなしかったよ。今だって、思い出せばかなしいし」

「だけど、とうさんは華子さんのこと、恨《うら》んでいたんじゃなかったの？　だって華子さんはとうさんを裏切《うらぎ》ったのに。だから華子さんのこと、なんにも話さないんだろ？」

とうさんはすこし考えてから、「恨んでなんかいないよ」と答えた。

「この話はおまえがもっとおとなになったらちゃんとするけど、とうさんにもよくないところがたくさんあったんだ。あのふたりだけがわるかったわけじゃない」

とうさんには気づかれないように、ぼくは息を吸《す》って吐《は》いた。

なんだかさっきから息苦しい気がする。ヒステリー球の再発《さいはつ》？

いや、そうじゃない。ぼくはたぶん緊張《きんちょう》していた。もしかしたら、ものすごく。

これからぼくがとうさんにいおうとしていることは、ぼくたちの今までとこれからを、大きく分けてしまうようなこと。一度口にしてしまったら、たぶんもう取り返しがつかない。

そんなことわかってるけど、でも、もう知らないままじゃいられないんだ。

「ねぇ、もしかしてぼくにもあったのかな、よくないとこ」

泣くな。

ぼくは自分の足をつねった。

とうさんはほほえんでいる。そんなにやさしい顔で笑うなんて、ずるいよ。

「なにいってんだ、波楽はまだあかんぼうだったんだよ。よくないとこなんか、あるはずないだろ」

「でもほら、泣いてうるさかったとか、わがままだったとか、あと……」

あるよね、きっともっと大事なこと。

たとえばほら、
とうさんにちっとも似《に》ていない、とか。

「ぼく、たぶんわかってるよ」

自分の声が震《ふる》えていることに気づいて、なさけないと思った。とうさんはそんなぼくの目をじっと見ている。

そうだよ、ぼくはわかってる。とっくに気づいてた。

ぼくととうさんが似ていない、ほんとうの理由。

きっとそれをたしかめるために、ぼくは凪さんに会いにいったんだと思う。そして凪さんに会って、ぼくにははっきりわかった。

家族の中で、自分だけが左きき。そんなささいなことさえ、ぼくにとってはただの偶然《ぐうぜん》なんかじゃなかったんだ。

「ねぇ、とうさんはどうしてぼくに血液型《けつえきがた》を教えてくれないの？」

「……前にいわなかったか？　調べたことがないって」

「小向《こむかい》さんがいってたよ。小説の取材で献血《けんけつ》しにいったこと、あるんでしょ？」

とうさんは目を閉《と》じた。そう、もうごまかさなくていいんだ。

とうさんが献血ルームを題材にした小説を書いたのは、ぼくが三年生のころだ。そのときに、ぼくはとっくにその話をきいていた。血液型を知らずに献血なんかできないはずだって、そのことに気がついたのはもうすこしあとだけど。

「そんなに前から気づいていたのか」

とうさんはため息をついて、また煙草《たばこ》をいじりはじめた。ぼくはイライラしてきて、立ち上がってその煙草を取り上げた。

「やめてっていってんじゃん！」

取《と》り乱《みだ》しているせいで、声が裏返《うらがえ》った。とうさんの顔を見ていられなくなって、ぼくは下をむく。

とうさんがぼくに血液型《けつえきがた》を隠《かく》していたのは、教えられない理由があるからだ。たぶん、とうさんと華子さんの血液型からは、AB型のぼくは生まれてくることができないんだろう。そういう遺伝《いでん》の法則《ほうそく》があるんだって、前にきいたことがある。

ぼくは自分をはげますために、なるべく軽くきこえるようにいった。

「べつにたいしたことじゃないよ。ぼくとかあさんだって、もともと血なんかつながっていないんだから」

そういったけど、でもやっぱりちがう。ぼくがかあさんとだけ血がつながっていないのと、かあさんととうさんのどちらとも血がつながっていないのとでは、大きくちがう気がした。なにがどうちがうのかは、わからないけれど。

それは、決定的ななにかがあって、気がついたことじゃなかった。

とうさんの顔とぼくの顔がちっとも似《に》ていないこと、とうさんがなぜかぼくに血液型を隠していること、親せきの人たちのぼくに対する微妙《びみょう》な態度《たいど》や、そういうことの積み重ね。

そして二年前、とうさんと華子さんの離婚《りこん》の原因《げんいん》が「不倫《ふりん》の末の略奪《りゃくだつ》」だったことを知ったとき、もしかしたらって思った。もしかして、ぼくは華子さんと不倫相手のあいだに生まれた子どもなんじゃないか？

はじめてヒステリー球の症状《しょうじょう》がでたのは、ちょうどそのころだった。ぼくがショックを受けたのは、華子さんがぼくを捨《す》てたからじゃない。とうさんと血がつながっていないかもって、そう気がついたからだよ。

でもさ、これはきっと、いつかは知らなくちゃいけないことだったんだよね。

とうさんだってそう思っていたはずだ。とうさんはたぶん、ぼくが疑《うたが》いはじめていることに、気づいていた。

最近、思うんだ。

あんなところに、二年も前にもらった葉書を、はさみっぱなしにするかな？

たしかにとうさんはだらしないから、そういうこともあるかもしれない。

だけどもしかしたら。

もしかしたら、あの葉書はわざと、わざとあそこにはさんであったのかも。

とうさんはあの日、わざと資料《しりょう》をわすれたのかもしれない。ぼくに真実へのヒントを与《あた》えるために。

自分の口でいわなかったのは、ぼくに選ばせるため？　もしも心の準備《じゅんび》ができていなければ、ぼくがいくらでも知らんふりできるように。

そうやってぼくの前に勝手にヒントをならべたくせに、正しい答えは見せてくれない。華子さんの血液型《けつえきがた》を凪さんに口止めしたのは、きっととうさんなんだろ？

それともそれは、「すべてが自分のために動いている」って、ぼくが子どもっぽい勘《かん》ちがいをしているだけなのかな。もしかしたらとうさんだって、ぼく以上になやんだり迷《まよ》ったりしているのかもしれない。

たしかなことが、ひとつだけある。

とうさんの口から先に真実をきいていたら、凪さんに会ってみたいだなんて、ぼくには絶《ぜっ》対《たい》にいいだすことができなかった。とうさんの気持ちを考えたら、とてもじゃないけどいえないよ。ぼくがそんなふうに考えることくらい、とうさんにはお見通しってわけだ。

「たとえなにがあっても、おれは波楽のとうさんだから」

小説みたいなせりふをいって、とうさんはぼくの肩《かた》を強く抱《だ》きしめた。

涙《なみだ》は出なかった。だって気づいていたことだから。

真実はただひとつ。

ぼくは凪さんと華子さんのあいだに生まれた子ども。とうさんとは、血がつながっていないんだ。

とうさんの部屋から出ると、パジャマ姿《すがた》の美萌が、はだしでぺちぺちと音を鳴らしながら近寄《ちかよ》ってきた。風呂《ふろ》あがりには靴下《くつした》をはくようにって、いつもスミさんから口をすっぱくしていわれているのに。

「あっ、おにいちゃん、いたっ。この本読んでぇ」

ピンク色の象が描《えが》かれた、浮《う》かれた表紙の大型絵本が、とつぜん妙《みょう》にムカついた。

ぼくととうさんに血のつながりがないなら、ぼくたち兄妹《きょうだい》もそれとおなじことになる。

ぼくとちっとも似《に》ていない美萌。ぼくはときどき、そんな美萌のことが憎《にく》らしくてたまらなくなる。ふつうにとうさんとかあさんから生まれてきた美萌。無邪気《むじゃき》に弟妹《きょうだい》をほしがっている美萌。

弟妹なんか、ぼくはこれ以上死んでもほしくない。なんでだか、わかるか？

おまえなんかいなくなっちゃえばいい。そう思うたびに、そんな自分にぞっとする。こういう気持ちは、おまえにはきっと一生わからない。

「ねぇ、おにいちゃんってば……」

「うるさいな！」

ぼくがどなりつけると、美萌はびくりと足を止めた。

「ぼくは美萌のおにいちゃんなんかじゃないっ。ちょっとはだまれよ！」

ぼくはおびえる美萌から絵本を取り上げると、それをとうさんの書斎《しょさい》のドアに投げつけた。大きな音がして、本が床《ゆか》に落ちる。

「美萌とぼくは、ちがうんだ……！」

大声で泣きはじめた美萌を、大慌《おおあわ》てで部屋から出てきたとうさんが抱《だ》き上《あ》げる。

「おい、波楽！」

とうさんの声を無視《むし》して、ぼくは自分の部屋にかけこんで、鍵《かぎ》をかけて閉《と》じこもった。

ムカついてしょうがなかった。

「くそっ！　死ね！」

そういってから、だれに死ねっていっているのか、わからなくなった。

とうさん？　美萌？　ちがう、そんなわけない。

じゃあ、凪さん？　いや、それもちがうな。……華子さん？　でもその人はもうとっくに亡《な》くなっている。

わかった、自分だ。ぼく自身。

小さな妹にやつあたりなんて、最低だな。死ねよ、自分。

それに、ぼくがいなくなれば、柴田家はふつうの家族になる。いなくなったほうがいいのは、美萌なんかじゃない。ぼくのほうなんだ。

ぼくはベッドの中にもぐりこんで、ぎゅっと目を閉《と》じた。

ああ、レンの声がききたい。


その夜、ぼくは夢《ゆめ》を見た。

知らない女の人が、泣いている夢だった。顔も髪《かみ》の長さもわからないのに、その人がおとなの女の人だってことはわかる。

「どうして泣くの?」

そうきいたら、女の人は口をぱくぱくと動かして、なにかしゃべった。だけどぼくにはそれがききとれない。

「え? なんだって? きこえないよ」

女の人は泣きながら、だんだんぼくから遠ざかっていく。そして遠ざかりながら、どういうわけか何度か側転した。泣きながらの、連続側転。きれいな側転だった。意味不明だ。ここで夢《ゆめ》の中の冷静なぼくが、これが夢だと気がつく。だけどぼくは目覚めたくない。その人が泣いている理由を、ぼくはどうしてもつきとめたかった。

「待って、いかないでよ。なんで泣いているのか、教えてほしいんだ」

夢の中のぼくは、その人を追いかけようと必死にもがく。けれどもぼくは決して追いつけないし、追いつけないことをちゃんと知っている。

「教えろよ……っ」

そこで目がさめた。

すると、泣いているのはぼく自身だった。そういうオチかよ。

ぼくはのどに手をあてた。ヒステリー球が再発《さいはつ》している。

「凪さん」

ぼくは泣きながら、ぼくをこんな目にあわせたおとなの名前をよんだ。だけどぼくが今いちばん会いたいと願っているのは、どうしても、その人なんだ。

ぼくたちのあいだには、まるで共犯者《きょうはんしゃ》みたいな空気が流れる。とうさんから華子さんを奪《うば》った凪さんのうしろめたさと、そんな人に会いにいってしまうぼくのうしろめたさが、きっとその空気を作り出している。その中にいるときだけ、ぼくの心の中の一部分が、とても安心した。

凪さんと話したい。

枕《まくら》もとの時計を見ると、七時だった。夜型人間のとうさんは、まだ寝《ね》ているだろう。

ぼくはマフラーを首に巻《ま》いて、音をたてないように自分の部屋からぬけだした。


「まだ準備中《じゅんびちゅう》なんだけど」

開店前のギャラリーに顔を出したぼくに、掃除中《そうじちゅう》だったサキさんはあきれたようにいった。

「いっとくけど、今日はたまたまこんなに早く来てたんだからね」

営業時間《えいぎょう》を確認《かくにん》する余裕《よゆう》なんかなかった。ぼくはギャラリーの中を見まわした。

「凪さんはいないの？」

「今日は病院の日だから、ここには来ないよ」

なんだ、いないのか。がっかりしたような、ほっとしたような、中途半端《ちゅうとはんぱ》な気分だった。

「凪さんて、ここに住んでるんじゃないんだね。どこに住んでるの？」

サキさんが教えてくれたのは、日置町からいくつか先の駅だった。いつもサキさんの運転する車でここまで来るのだ。そういえば表の駐車場《ちゅうしゃじょう》に赤い車が止まっていた。

「病院には車でいかないんだね」

「あたしが病院にいっしょにいくの、凪はいやがるから」

そういったとき、サキさんはちょっとさみしそうだった。病院って、もしかして足のことでかかっているのかな。

「そんなことより、ここに来るって、おとうさんにちゃんといった？」

「……いってない」

サキさんは腰《こし》に手をあてて、

「だめでしょう？　ほら、電話しな」

なんか意外だな。サキさんはそういうことにうるさくない人だって、ぼくは勝手に思っていた。だっておとなの不良だし。

「とうさん、たぶんまだ寝《ね》てるよ。……スミさんにメモ残してきたから、大丈夫《だいじょうぶ》だと思う。あ、スミさんって、うちのお手伝いさんなんだけど」

「今日は、学校は？」

「あるけど」

「この時間にここにいて、間に合うの？」

「間に合わないよね」

サキさんは目をぐるりとまわして、あきれている。

「だいたいね、あたしが小学生のころは、親にだまって電車になんか乗らせてもらえなかったよ」

「だってぼくは電車通学だからさ、乗りなれてるし」

そうだ、凪さんがいないときに、ききたいと思っていたことがひとつあった。

「ねぇ、凪さんって、どうして足をけがしたの？」

サキさんはカウンターに頬杖《ほおづえ》をついて、灰色《はいいろ》の目でぼくを見た。ぼくは目をそらす。あの目は苦手だ。つくりものみたいで、なんだか気味がわるい。

「凪の奥《おく》さんが亡《な》くなったときのこと、おとうさんからはどういうふうにきいているの？」

それをきいて、やっぱりサキさんはぼくと凪さんの関係を知っているのだなと思った。

「火事だったって。逃《に》げおくれて、華子さんは亡くなったんでしょ？　もしかして、凪さんのけがもそのときの……？」

サキさんは、そう、と答えると、ぼくに手招《てまね》きをして、自分のとなりのいすに座《すわ》るようにいった。

「もう八年近く前の話」

そしてサキさんは教えてくれた。凪さんの足が、どうして不自由になったのか。

「その日は平日だったけど、たまたま凪は大学の講義《こうぎ》がない日で、奥《おく》さんも仕事の休みを合わせて家にいたの。建物の中にいたのは、あのふたりだけだった。あの日がその日じゃなければ、ふたりとも外にいる時間だったのに」

サキさんはカウンターの引き出しからキャンディをふたつ取り、そのうちひとつをぼくにくれた。オレンジのキャンディだった。

「火事っていってもね、ただの火事じゃなかったの。住んでいたアパートの上に、ヘリコプターが落ちてきたんだって」

「えっ」

「ふたりの部屋の真上に、まるでその場所を狙《ねら》ったみたいにね。うそみたいなホントの話よ」

サキさんはキャンディを口に入れて、カラカラと音をさせながら、なんでもないことのようにいう。

「きみたちを傷《きず》つけたバツだって、凪はそう思っているみたい。神様はほんとうにいるのかもしれないって、まじめな顔していってたな。いろんな人を不幸にさせちゃったんだって。だから自分が幸せって思う気持ちが許《ゆる》せないんじゃないのかな」

サキさんは顔をしかめると、「マズいね」といいながら口からキャンディを出して袋《ふくろ》にもどした。

「だけどさ、神様なんてやっぱりいなくて、たぶん、幸せになっちゃいけないんだって、そういう強い魔法《まほう》みたいなもんを、自分で自分にかけちゃってるんだと思う。だからリハビリも本気でしないし……」

そしてサキさんは肩《かた》をすくめていった。

「あたしにも、なかなかプロポーズしてくんないの」

そのときになってようやく、ぼくはふたりが恋人《こいびと》同士なんだってことに気がついた。こういうとき、ぼくは自分がまだまだ子どもなんだなと思い知る。そんなに簡単《かんたん》なことにも、すぐに気がつけない。

とうさんにとってはそうじゃないのかもしれないけど、華子さんの裏切《うらぎ》り行為《こうい》は、ぼくにとってはすでに過去《かこ》の出来事だった。ぼくには今のかあさんがすべてで、華子さんのことなんかどうだってよかったし、今だってあんまり興味《きょうみ》がもてない。

それなのに、どうしてぼくは凪さんをこんなにも気にするのだろう。

答えはわかってる。知り合ってしまったからだ。ぼくにとって凪さんは、もう他人じゃない。

凪さんをかわいそうだと思った。とうさんから奪《うば》うほどに好きだった人を、あっけないほど簡単《かんたん》に、事故《じこ》で亡《な》くした。

自業自得《じごうじとく》だって、そう思う人もいるかもしれない。でもぼくにはそうは思えなかった。

ギャラリーの壁《かべ》にかけられた凪さんの絵は、どれも薄暗《うすぐら》い色を使っている。明るい色を使った絵は一枚《まい》もない。

優《すぐ》れた芸術《げいじゅつ》は暗やみの中で生まれることがあるって、前にとうさんはいった。

暗やみの中で書いた小説で、とうさんは大きな賞をもらい、小説家として生きていくことになった。

だけど、最近とうさんが書く物語は、ハッピーエンドが多いらしい。評論家《ひょうろんか》がテレビでそういっているのをきいた。きっと幸せな恋《こい》ばかりしてこられたんでしょうねって、そういっていた。凪さんはそれを知っているかな。

別々の場所で、とうさんと凪さんは、おなじ種類の暗やみの中にいたのかもしれない。凪さんのマーブリング・アートはどこまでも複雑《ふくざつ》で、まるでおとなたちの心の模様《もよう》を写《うつ》し出しているみたいだった。

マンションのエントランスで、とうさんが待っていた。

「おかえり」

「……ただいま」

スミさんあてのメモに、いき先までは書かなかった。だからどこにいっていたかきかれると思ったけど、とうさんはなにもいわない。たぶん、わかってるってことなんだろう。

「波楽、今日はどうする？　学校」

「……いくよ。もう遅刻《ちこく》だけど」

「たまには休んでもいいんだぞ」

「たまにじゃないし。きのう休んだばっかだし」

ぼくには学校にいかなきゃいけない理由がある。

「学校にはいくよ。レンに会いたいから。レンと仲直りしなくちゃ」

レンが引《ひ》っ越《こ》しで学校を休んだとき、ぼくはすごく心配した。だからレンもぼくを心配しているると思う。

とうさんは意外そうにぼくの顔を見た。

「けんかしたのか。めずらしい」

「ちょっとね。ぼくがわるかったから、あやまらなきゃ」

レンをはじめてうちにつれてきたとき、とうさんはぼくに「いい友だちができたな」っていってくれた。そのこと、ぼくはすごくうれしかったよ。

高層階《こうそうかい》直通のエレベーターの中で、ぼくはとうさんにきいた。

「とうさんは、レンのことどう思う？」

「うーん、そうだなぁ。賢《かしこ》くて芯《しん》の強い、まっすぐないい子だと思うよ。それになにより、おまえのことを大切な友だちだって思ってくれている」

十五階、十六階、十七階……。扉《とびら》の上の階数表示《ひょうじ》がぐんぐん変わっていく。一度も止まらない。この時間に下から上に移動《いどう》する人はあまりいないのだなと思った。

二十階をすぎたあたりで、階数表示を見上げたままぼくはいった。

「このごろさ、レンといると苦しいんだ」

「だろうなぁ」

すごく感情《かんじょう》のこもったいいかたで、それが逆《ぎゃく》にうそくさい。ぼくは横にいるとうさんの顔をちらっと見た。とうさんは腕組《うでぐ》みをして、「うん、うん」としきりにうなずいている。

「……あのさ、意味わかってる？」

「わかるさ。とうさんは売れっ子恋愛《れんあい》小説家だぞ」

そうか。じゃあ、

「ぼく、どうすればいいのかな」

とうさんはちょっと考えて、そしてぼくに教えてくれた。

「どうしたらあの子がよろこぶか、うれしいか、元気になるか、考えてみたらいい。笑顔《えがお》を見せてくれたら、きっと波楽もうれしいから」

いつものききなれた音がして、エレベーターの扉《とびら》が開く。

「わかった」

前を見て、ぼくははっきりとそう答えた。

5 ぼくの未来のために

図工の時間に、クラスメイトの似顔絵《にがおえ》を描《か》くことになった。それを卒業アルバムの見返し部分にプリントする。つまり、表紙をめくったその場所に、友だちが描いた自分の顔がのることになる。

いかにもむだな争いが増《ふ》えそうなやりかただ。

自画像《じがぞう》にしとけばいいのになぁ。ぼくはそう思ったけど、そういうことをいったらいったで、たぶんやっかいなことになる。

図工の先生は、担任《たんにん》の先生とは別の先生だ。ふたり組になる活動で、いつもかならずレンがひとりになっていることを、もしかしたら知らないのかもしれない。だけど、「記念になるから」っていう理由は、とても一方的な押《お》しつけに思えた。

みんながレンに話しかけない理由は、たぶん、「ほかに仲のいい子がいるから」「話しかけにくいから」、それとも、「無視《むし》されるのがこわいから」？

それはわかるよ。だからみんながわるいってわけでもないんだよな。

「いっしょにやろう、連城《れんじょう》」

図工室の大きな木の机《つくえ》は、横に三人ずつ、あわせて六人で座《すわ》れるようになっている。ぼくがレンの前の席に座ると、近くの席のみんなの雰囲気《ふんいき》がピリッとした。別のいいかたをするなら、「緊張《きんちょう》が走った」。

レンはやっぱり声を出さずに、無表情《むひょうじょう》のままでぼくをじっと見ている。

二度と話しかけないんじゃなかったのかよ？

かたく結んだレンの口から、そんな声がきこえた気がした。

「ごめん」

ぼくは小さく声に出していってみる。教室では話しかけるなっていわれているけど、ぼくはこういうとき、どうしてもレンをほっとけない。

そういえば、ぼくとレンがはじめて話したのは、五年の最初の図工の時間だった。自分の手のひらをスケッチするという課題で、ぼくは自分が左ききの少数派《しょうすうは》だってことを、はじめて強く意識《いしき》した。なつかしいな。

無言のまま、ぼくたちは十五分交替《こうたい》でモデルをやりながら、おたがいの似顔絵《にがおえ》を描《か》いた。

「おお、すげぇ。やっぱ柴田《しばた》って本気でうまいよな。おれが組みたかったのにさぁ」

「わぁ、連城さん、カッコいいー」

後ろからのぞいてきた須藤《すどう》と芦原《あしはら》が、ぼくの下絵を見てそういった。

画用紙の中に、クールにほほえんでいるレンがいる。実際《じっさい》には笑ってくれていないけど、それはぼくのせいだからしょうがない。

「どうかな？」

ぼくはレンに絵を見せる。ぼくの後ろで、須藤と芦原がだまったままレンを見ている。

だから返事は期待していなかったけど、レンは口を開いた。

「やっぱり波楽《はら》はうまいな」

絵には人の心と心を近づけるふしぎな力がある。

ぼくの絵を見ながらほほえむレンを見て、ぼくもいつか凪《なぎ》さんみたいな画家になりたいって、はじめてそんなふうに思った。

「この前は、ごめん」

その日、ひさしぶりに帰り道でレンといっしょになった。前とおなじように、レンがぼくを待ってくれていた。あやまったぼくに、レンは腕組《うでぐ》みをしたまま、つんとした感じであごを上げた。

「なにが?」

「ひどいこといったから」

めんどうくさいなんて、思ってないよ。

いや、そうじゃないよな。

ほんとうはときどき、そう思ってしまうことがある。

自分のこの気持ちが、ぼくにはすごくめんどうくさいよ。

苦しいし、めんどうくさいし、こんなふうに考えてしまう自分のことが、レンにわるいなって、すごく思う。

ぼくがだまっていると、とつぜんレンがぼくの頭を触《さわ》ってきたから、ドキッとした。

「なんか波楽、ちょっと背《せ》が伸《の》びた?」

「えっ、そうかな?」

レンはぼくよりも五センチくらい背が高い。いわれてみると、いつのまにかその差はすこし縮《ちぢ》まっているような気がした。

「まだぼくのほうが高いけど」

レンの言葉に、ぼくはちょっとだけムッとしてしまう。

「うるさいなぁ。じきに追いこすよ」

「……そうだよ」

レンが静かにそう答えたのをきいて、ぼくはまたレンを傷《きず》つけてしまったことに気がつく。

「中学生になったら、波楽はすぐにぼくよりでかくなるよ。そうなったら、ぼくにはもう二度と追いつけない」

何度でもホーム画面にもどって再起動《さいきどう》できるゲームみたいに、自分のいってしまったことを取り消してやり直すことができたらなって、いつも思う。こんなふうに悪気のないひとことが、きっといつもレンを苦しめているんだ。

「ごめん。……でもわかんないじゃん。レンのおかあさんだって、けっこう背《せ》が高いし」

レンはくすんと笑って、「女にしてはね」と答えた。

先に立って歩きはじめたレンのあとを追いながら、ぼくはなるべくさりげなく話しかける。

「ねぇ、レン」

「んー?」

「レンにいってなかったけどさ、ってゆーか、ぼくもはっきり知ったのはきのうなんだけど」

「うん」

「ぼくと美萌《みも》ってさ、ほんとうの兄妹《きょうだい》じゃないんだ」

立ち止まったレンがぼくの顔を見た。ふだん無表情《むひょうじょう》なレンのおどろいた顔は、とても新鮮《しんせん》だった。

「うちの親が再婚《さいこん》した夫婦《ふうふ》だから。美萌はとうさんとかあさんの子どもだけど、ぼくはかあさんとは血がつながっていない。……もしかして、ちょっとくらいは気づいてた? ぼくと美萌って、ぜんぜん似《に》てないもんな」

おどろいた顔のまま、レンはゆっくり首を横にふった。

「いわれなきゃわかんないよ、そんなこと。そういわれると、おばさんとも美萌とも、波楽はあんまり似てないな」

そうか、まわりから見たらその程度《ていど》なのか。家族の中で自分の顔だけぜんぜんタイプがちがうってこと、ぼくはずっと気にしていたのにな。

ぼくがそんなことを考えながらだまっていると、レンは首をかしげた。

「でもそしたらさ、波楽と美萌は半分だけ血がつながっているんじゃないの？　そういうのって、異母兄妹《いぼきょうだい》っていうんだろ」

「ふつう、そう思うよなぁ」

「うん？」

「ぼくもずっとそうだと思ってたよ」

そうならいいなって、ずっと思ってた。

でも、ちがったんだ。

「ほんとうはさ、ぼくは前からなんとなく気がついてたんだけど……」

「だけど？」

「うん……」

次の言葉が出なくなったぼくに、レンはいう。

「波楽。いいたくないんだったら、べつに無理しなくていいんだよ」

ぼくはちょっと泣きそうになった。でも、一回泣きはじめるとなにもしゃべれなくなることを知っているから、なんとかこらえる。

それに、ぼくはやっぱりレンの前では泣いたりなんかしたくないんだ。それはぼくのプライドとか意地とかの問題なんだと思う。自分の力では、どうしてもコントロールできない。

「レンはすごいな」

そんなやさしい言葉、ぼくにはきっとすぐに見つからない。

「でも、ちゃんとしゃべるよ。だってレンにきいてほしいんだ。びっくりさせるかもしれないけど。衝撃《しょうげき》の告白だから」

ぼくがそういうと、レンはこまったような顔で笑った。

「ごめん。もうなんとなくわかっちゃったよ」

やっぱりレンは頭の回転が速い。

そのおかげで、ぼくはすんなりと続きをしゃべることができた。

「うん。ぼく、かあさんとだけじゃなくて、ほんとうはとうさんとも血がつながってなかったんだよね。だから美萌とも血がつながってない」

凪さんのことは話さなかった。でもレンは勘《かん》づいていると思う。ワークショップの日、レンはぼくたちふたりの顔を見くらべて、なにかに気がついた様子だった。

レンはちょっと首をかしげて、ぼくにきいた。

「それって、どういう気持ち？　さみしい？」

「うーん……。よくわかんない。さみしいような気もするけど、それより、最近美萌に対して凶暴《きょうぼう》な気持ちになることがあって、それがすげーこわい。こんなのへんだよな。美萌のことはすごく好きだし、かわいいと思ってるはずなのに」

きのうの夜に美萌を泣かせてしまった話をすると、レンは意外そうに目をまるくした。

でも、それだけじゃないんだ。これから先こうなったらやだなって思っていることが、ずっと前からひとつだけある。それをとうさんとかあさんにいえないことが、ときどき息がつまりそうなほど、すごく苦しい。

そのことをレンに打ち明けると、レンはまじめな顔でぼくにこういった。

「それ、おばさんかおじさんに話したほうがいいよ」

「でもさ、なんかそれってちょっと、なんていうか、わがままっていうか、自己中《じこちゅう》っていうかさ……」

「わかるけど。いいにくいんだろ？」

ぼくがうなずくと、レンはすこし口調を強めていった。

「波楽はやさしいからさ、だからそういう気持ちをがまんして、自分ひとりでどうにかしようとするんだろうけど、でも、それってなんかちょっとちがうと思う」

レンのいおうとしていることが、ぼくにはよくわからない。

ちょっとちがうって、なにがどうちがうんだ？

レンはぼくの目を見ながらいった。

「ひとりでがまんすることは、たぶん正解《せいかい》じゃないと思うよ」

「……そう、かな」

ぼくが納得《なっとく》していないことが伝わったんだと思う。あきれてものもいえないという表情《ひょうじょう》で、レンは人さし指でぼくのおでこをつついてきた。

「そうに決まってんだろ？　なんでそんな簡単《かんたん》なことがわからないんだよ」

でもレンだって自分の気持ちを隠《かく》すことがあるじゃないか。ぼくのそんな思いを見すかしたように、レンはこう続けた。

「ぼくは親にいいにくいことがあっても、いつもそれを波楽にいうだろ。だけど波楽にいいにくいことだってあるから、そういうときは病院の先生とか、そこで知り合った別の友だちとかに、ちゃんと相談してる。いつもひとりでいるって思われてるみたいだけど、ぼくは自分ひとりでがまんなんかしてないよ」

「そうなの？」

「そうだよ。意外とね」

「そっかぁ……」

ぼくにいえないことを別の友だちに話しているのかと思うと、なんかちょっとさみしいような気もするけど、ぼくにだってレンにいえない気持ちがあるんだから、おたがいさまだ。

「だから波楽もさ、親にいえないんだったら、もっと早くぼくにいえばよかったよ。そしたら、すこしくらいは力になれたかもしれないだろ」

ぼくはなんだか感動してしまって、胸《むね》の奥《おく》が熱くなっている。

「……うん、そうだったかもしれない」

「さっきのおまえの本音、絶対《ぜったい》に親にいってみたほうがいいよ。波楽んちのおじさんもおばさんも、きっとわかってくれるから。すげーいい人たちじゃん。しかも、超《ちょう》美人なハウスキーパーまでついている」

たしかに、いわれなきゃわからないことってあるよなぁ。レンがスミさんをそんなふうに思っていたなんて、ぼくはびっくりだよ。

「超《ちょう》美人はいいすぎだろ」

「とにかく、なんとかなるかもしれないんだから、いうだけいってみればいいよ。……いっとくけど、口に出してもどうにもならないことだって、世の中にはあるんだからな」

レンはそういいながら一歩前に出て、ぼくに背《せ》をむけた。

「たとえば、ぼくが男に生まれてくることができなかったってことも、そういうことのひとつなんだけど」

ぼくは唇《くちびる》を噛《か》んだ。でもレンは、きっともっとくやしい。

だからぼくはレンの正面にまわりこんで、その腕《うで》をつかんだ。

「関係ないから、そういうの。レンはぼくとおなじだよ」

こわかった。この手を離《はな》してしまったら、レンが遠くへいってしまいそうな気がした。

レンはぼくの目の前で、かなしそうな顔で笑ってる。そんな顔で笑うなよ。

「でも関係あるんだよ、波楽」

知ってる。

「すごくすごく、大切なことなんだ」

知ってるよ、レン。

おまえが学校でしゃべらなくなったほんとうの理由は、自分の声をきかれたくないからなんだろ？　自分のせいで親が離婚《りこん》したんだって、おまえがそう思っていることだって、ぼくはちゃんと知っている。

「この女の声、サイテーだよな。つーか、痛《いた》いから、腕《うで》」

力をこめすぎていた手を離《はな》すと、レンはいつもみたいにポケットに手をつっこんで、歩きながらぼくにいった。

「おまえにはいえないけど、ほかにももっとたくさんあるんだ、女の体でいやなこと。しかも、そういうことって、たぶんこれからもっと増《ふ》えてくし」

五年のはじめのころ、こんなことがあった。

そのころレンは、背中《せなか》のまんなかくらいまであった長い髪《かみ》を、高い位置でひとつに結んでいた。それを見たクラスの女子のだれかがいったんだ。

「連城さんは髪の毛おろしたほうが絶対《ぜったい》かわいいよ」

「ちょっとやってみて。そのほうが女の子っぽくなると思うよ」

次の瞬間《しゅんかん》、レンは躊躇《ちゅうちょ》なく、長い髪を結び目ごとハサミで切り落とした。

あのとき、クラスじゅうがぞっとするほど沈黙《ちんもく》したのを覚えてる。

どれだけレンが苦しんでいるか、男のぼくには正確《せいかく》にはわからない。そのことは、すごくもどかしい。

すると、レンがぼくの目をのぞきこんできた。ぼくはもう一度ドキリとする。

「波楽だって、はじめはぼくのこと、女子として好きだったろ」

マジかよ。バレてた。

「気づいてないと思った?」

「いや、うん。えーと、まぁね」

しどろもどろになったぼくを、レンはおかしそうに見ている。

「クラスでふたりだけだったもんな」

五年の最初の図工の授業《じゅぎょう》で、自分の手のひらを描《か》いたときのこと。たまたま近くの席だったレンが、ぼくにとって特別な存在《そんざい》になった日。

あのときとおなじように、レンはぼくにむかって左手のひらをひらひらとふった。

「ぼくたちだけが、左きき」

そう。まわりに左ききのやつを見つけると、それだけでわかりあえたような気分になれる。

ぼくたちだけ、ちがうね。

右ききの人には永遠《えいえん》にわからない、そんな優越感《ゆうえつかん》。

「でも今はちがう！」

ぼくが否定《ひてい》すると、レンはちょっとおどろいたように、ぼくの顔を見た。

「レンが男だって、もうちゃんとわかってるから。ぼくは男を好きになったりしないよ」

「わかってるよ、ムキになるなって」

レンがあっさりそういうから、ぼくは拍子《ひょうし》ぬけした。

「わかってんのかよ」

「わかってるよ。だって今は芦原だろ？」

「……エッ？」

「隠《かく》さなくてもいいって。わかってるから」

いや、ぜんぜんわかってねぇよ。なんでそこで芦原が出てくんだよ。

そうじゃない、誤解《ごかい》だって、そういうのは簡単《かんたん》だった。でも……。

ぼくが迷《まよ》っていると、レンはひとりで話しはじめた。

「こういう話、今までちゃんとしたことなかったけど、波楽はぼくのこと、いつから気づいてたの」

レンが学校でしゃべらなくなって、女子たちと距離《きょり》をおくようになったこと、制服《せいふく》のスカートをはかなくなったこと、ふたりでいるときの一人称《いちにんしょう》が「ぼく」に変わったこと、プールの授業《じゅぎょう》をサボること、そういうことをしても先生がなにもいわないこと。

ヒントはたくさんあったけど、そんなことはどうでもいい。

「だっておまえ、どう考えても男だもん。理屈《りくつ》じゃないよ」

いつかレンにそうきかれたら答えようと思っていた答えを、ぼくは口にした。

レンが笑う。ぼくがそう答えたら、きっとそういう顔をするだろうって、ぼくが思っていたように。

「ありがとう。うれしいよ、その答え。九十五点」

「そこは百点でいいだろ。なんで五点引くんだよ」

するとレンは、今度はいたずらっぽくにやっと笑った。

「もしぼくが女だったら、きっと波楽を好きになったと思う。それがおしいから、五点引いた」

「…………」

リアクションできない。なんつーことをいうんだ、こいつ。

そしてレンはさみしそうにいった。

「ゴメンな。おなじ中学、いきたかったよな」

ぼくたちの学校は、中等部から男子校になる。だから初等部の女子は、地元の公立中にいく気がないなら、強制的《きょうせいてき》に他校を受験しなきゃならない。レンは私服《しふく》で通える私立中《しりつちゅう》を志望《しぼう》校《こう》にしている。

「うちのとうさんはさ、ぼくのことをどうしても息子《むすこ》って思いたくないみたいだった。ぼくが女らしくないことをしたりいったりすると、いつもすごく心配そうでさ」

親に心配されたり気をつかわれたりするのって、うれしいこともあるけど、ちょっとしんどいこともある。ヒステリー球になったとき、ぼくはそれを味わった。

「これから先も、きっとそれは続くと思う。ぼくがおとなに近づけば近づくほど、むしろどんどんそうなるよ。かといって、ぼくがずっと女のふりして生きていくわけにはいかないんだ。わかるだろ？」

「うん」

「そのへんの考えかたが、たぶんとうさんとかあさんではちがっていたから、いつのまにかいいあらそうしかできなくなって、それで離婚《りこん》したんだと思うよ」

「……自分のことで親がけんかしてるなんて、すげーやだよな」

「まぁね。でもさ、とうさんはべつにぼくのことをきらいになったわけじゃないんだ。ぼくだっておなじだよ。好きだけど、いっしょにいると傷《きず》だらけになりそうだから。……そういうことってあるんだな。すごくかなしいことだけど」

理解《りかい》しあうって、むずかしいんだな。ぼくだってそうだ。こんなに近くにいるけど、きっとレンのことを全部は理解できていないと思う。

心と体の性別《せいべつ》がちがうって、どういうことなんだろう。

だけど、そういう子たちがいるってことは、ぼくたちみんな、なんとなくなら知っている。

知ってはいても、レンをほかの男子とおなじように感じるのは、とてもむずかしいことだった。出席番号は女子の番号だし、席順も背《せ》の順も女子の列。体育の着がえは女子トイレの個室《こしつ》でやっているみたいだけど、女子トイレに入ること自体が、きっとレンにとっては地《じ》獄《ごく》なのだ。

ぼくはゴクリとつばをのんで、これまでこわくてきけずにいたことをきいてみる。

「レ、レンも手術《しゅじゅつ》とか、するの？　その、性別《せいべつ》を換《か》えられるみたいなやつ」

レンは首をかしげて、「どうかなぁ」といった。

「正直、まだわからない。病院の先生からもいろいろきいているところだけど、性別適合手術《せいべつてきごうしゅ》術《じゅつ》のほかにも、ホルモン療法《りょうほう》とか、いろいろあるみたいだよな」

そういう治療に年齢制限《ねんれいせいげん》があることや、するかどうかの判断《はんだん》を時間をかけて慎重《しんちょう》にしなければいけないのだということを、レンはぼくに教えてくれた。

「ぼくは自分が女に生まれてきたことに、なんていうか、ずっと違和感《いわかん》があって。だけどこれまではそのことに気がつくのがやっとって感じでさ。この前、波楽を巻《ま》きこみたくないっていっちゃったけど、ほんとうはそうじゃなくって、ぼくだってどうしていいかよくわかんないんだよ。どういうふうに波楽を巻きこんだらいいか、わかんないんだ。すげー混乱《こんらん》してるわけ。でも、ぼくと似《に》たような経験《けいけん》をした人の話って、本やネットにたくさんのってるからね。そういうのを読むとさ、子どものときはマジで死にそうにつらくて絶望《ぜつぼう》してたけど、でもそのあといろんなことがあって、この『いろんなこと』ってのは人によってちょっとずつちがうけど、とにかく、生きているうちにだんだん平気になってきたって、書いてあることも多いんだ。それで、最終的にはそういう自分が好きになれたって人までいた。そういう人がいるんなら、ぼくだってそうなりたいし、もしかしたらなんとかなるのかもしんないって、すこしずつそういう気持ちになってきてる。ごめん、なにいってるかわけわかんないかもしんないけど」

レンが自分のことをこんなにたくさんしゃべってくれたのははじめてだった。

自分を勇気づけるように、わざとっぽく乱暴《らんぼう》にぼくの肩《かた》を抱《だ》いて、レンはぼくの名前をよぶ。「だからさ、波楽」

ぼくの肩の上で、レンの手が小さく震《ふる》えていた。

「未来は明るいって、いっしょに信じて」

ぼくはレンの下の名前が「未来《みらい》」だってことを思い出した。連城未来。男でもおかしくない名前だから、きっとレンにはうれしいだろう。

そんなふうにいろんなことを考えて、たぶんすごくなやみながら、それでもレンはちゃんと前をむいている。

すごいなぁ。おまえ、すごいよ。

「うん。そうだね」

ぼくもおなじようにレンの肩《かた》に腕《うで》をまわした。ぼくはこれからもずっとレンを応援《おうえん》してるよって、そういう気持ちを伝えるために。

それはぼくのほんとうの気持ちだった。レンの未来が明るかったら、もちろんぼくはうれしいよ。ぼくはうそはついていない。

だけどやっぱり、ほんとうのこともいってない。

いえないいんじゃなくて、わざといってないんだよ。

レンのことを守ってやりたいっていう気持ちや、自分のダメなところを見られたくないっていう気持ちは、ふつうの男友だちのあいだにある気持ちとは、やっぱりちょっとちがうんだ。

どうしてもぼくは考えてしまう。

もしもレンが男子だったら、ぼくたちはもっと自然に友だちになれたはずだし、もしもレンが女子だったら、ぼくはこんなに苦しくなかった。

男になりたいと願うレンを応援するっていいながら、ぼくはレンが女の子のままならよかったのになって、どこかで思ってしまっている。

結局のところ、だれよりもレンを女の子あつかいしているのは、ぼく自身なんだってこと。

ぼくはまだ女の子のレンのことが好きなんだ。

だけどさ、それをいっても、レンはきっとよろこばない。

だからいわないって、ぼくはそう決めたんだ。


その夜、かあさんから国際電話《こくさいでんわ》がかかってきた。アフリカからヨーロッパに移動《いどう》して、今はイギリスにいるらしい。

かあさんはこの数週間の出来事をすべて知っていた。というより、たぶんぼくが知らないことまでいろいろ知っている。とうさんがメールでもしたんだろう。

「おとうさんとちゃんと話しなさい。大丈夫《だいじょうぶ》だから」

かあさんは、やさしく、そして真剣《しんけん》な声で、しきりにそういった。

ぼくはレンにいわれたことを考えていた。そして、レンのいったとおりだと思った。

ぼくはこれまでかあさんに遠慮《えんりょ》していた。

かあさんがいくらぼくと美萌を区別しなくても、ぼくはいつもどこかで線を引いてしまっていた。ぼくはかあさんのことが大好きで、ぼくのことをもっともっと好きになってもらいたかったから。華子《かこ》さんのことをきけなかったのも、ヒステリー球が再発《さいはつ》したっていいだせなかったのも、きっとそのせいだね。

そういうのがいけないことだなんて、今までぼくは思っていなかった。自分がちょっとだけがまんすればまるくおさまるんだから、それでいいじゃんって。

だけど、好きな人ががまんしているのを見て、うれしい人なんかいないよな。だからレンはあんなに怒《おこ》ったんだ。親にちゃんと気持ちを伝えたほうがいいって、あいつはそういった。

ぼくは目を閉《と》じて、自分の心の声に耳をすませた。

「おかあさん」

「なに？」

「ぼくたち血はつながってないけどさ、ぼくのかあさんはかあさんひとりだけだし、かあさんの息子《むすこ》はぼくだけだよね」

電話のむこうで、かあさんが息をのんだのがわかった。ぼくたちが親子の血のつながりについて話をすることは、ほとんどない。だってぼくたちはほんとうの親子とおなじだったたから。血のつながりなんて関係ない。かあさんがそう思っているのは知ってるし、ぼくもそう思おうとしてきた。

「そうね。そう思うわ」

「ぼく、これからもそれがいいんだ」

「……え？」

かあさんにはぼくのいいたいことがわからないみたいだった。

ぼくがこの気持ちをずっと隠《かく》してきたのは、それがかあさんやとうさんにとってうれしいことじゃないってわかるから。

だからすごくこわいけど、家族の前でがまんをするのは、もうやめにするんだ。

レン、力を貸《か》してくれ。

ぼくは大きく息を吸《す》ってから、はっきり伝えた。

「ぼくは、弟はほしくない」

美萌は妹だから、平気だった。でももし、とうさんとかあさんのあいだに、ほんとうの息《む》子《す》《こ》が生まれたら……？

そのとき、ぼくは必要なくなってしまうかもしれない。

そのことだけが、ぼくはずっとずっと不安でしかたなかった。がまんできないくらいに、どうにかなってしまいそうなほど、すごくこわい。

美萌が弟か妹をほしがっているのは知っている。とうさんとかあさんも、子どもがもうひとりくらいいたらいいなって、きっと思っているんだろう。そういうの、雰囲気《ふんいき》でわかるよ。

だけどぼくはきっと、生まれてきた弟を心から好きにはなれない。すくなくとも、今のぼくには無理だ。ぼくは今でもかあさんをひとりじめしたいって思ってる。血がつながっていないぶんだけ、よけいに気持ちがつながっていなきゃって、どうしても思ってしまう。

血のつながりが関係ないなんて、そんなのうそだ。

なぁ、レン。それだって、すごくすごく大切なことなんだ。

どうしようもないくらいに、大切なことなんだよ。

いつのまにかぼくは泣いていた。電話のむこうで、かあさんも泣いているみたいだった。

「ごめんなさい。まちがってるかもしれないけど、でもいやなんだ」

「わかった。わかったから」

ぼくが「ごめんなさい」というたびに、かあさんは「わかったから」とくり返した。

ああ、明日にはとうさんにこの件《けん》が伝わってしまうだろう。弟をほしがらないぼくに、とうさんはがっかりするかもしれない。だからとうさんにはいえなかった。

かあさんにがっかりされるより、とうさんにがっかりされるほうが、ぼくにはつらい。

あのときおまえを引きとらなきゃよかったたって、そんなふうに思われたらどうしよう。

もしそんな日がきたら、凪さんはぼくと暮《く》らしてくれるのかな。

ぼくははじめてそんなことを考えてみたけど、凪さんと自分がいっしょに暮らしているところだけは、どうしても想像《そうぞう》ができなかった。

十一月二十三日は、勤労感謝《きんろうかんしゃ》の日《ひ》で学校が休みだった。国民の祝日で学校が休みになるとき、ぼくたちはふだんしないような家の手伝いをする決まりになっている。ぼくは家族全員分のスニーカーと、ぼくと美萌の上履《うわば》きを洗《あら》うことになった。

バルコニーで自分の上履きを洗っていたとき、とうさんが仕事の休けいで外に出てきた。すこし離《はな》れたところから、上履きを洗うぼくをしばらく見ていたとうさんは、やがて口を開いた。

「ほんとうは、華子はおまえを育てたがったんだよ」

とつぜんの告白だ。ぼくは手を止めた。

「ぼくを育てたがった……？」

「そうだ」

離婚《りこん》の裁判《さいばん》で、親権《しんけん》についてあらそわれることがあるって、きいたことがある。子どもがどちらに引きとられるべきかを決めるのだ。とうさんと華子さんも、そういう裁判をしたんだろうか。

「どうしてとうさんがぼくを育てることになったの？」

だって血がつながっていないのに。ぼくがいわなかったその言葉は、きっととうさんにもちゃんと伝わっている。

「あのふたりには、おまえのことをまかせられないと思ったから」

「凪さんが若《わか》かったから？」

「そうだな、それもある。まだ高校生だった」

そうなのか。大学生かと思ってた。とうさんはぼくの横にしゃがみこんで、「ここ、まだ黒いぞ」と、つまさきの部分を指さした。

「波楽はおどろいたか？　彼《かれ》が若《わか》くて」

「……うん、びっくりした」

「そうだよな」

華子さんと凪さんがどうやって知り合ったのか、どうしてそういうことになってしまったのか、ぼくからはとうさんにきけない。だけど、たぶん華子さんと凪さんは、ほんとうにおたがいのことが好きだった。すくなくとも、ぼくはそうじゃなければいやだと思う。

「とうさんな、おまえを引きとったこと、まちがっていなかったと思うよ」

「そりゃ、そうでしょ」

まちがいなんかじゃない。

「まちがいだったなんて思われてたら、ぼく、こまるよ」

「ああ、そうだよな」

ぼくたちはちょっとおかしくなって、ふたりでにやにやした。そして、こういう冗談《じょうだん》がいえることって、もしかしたらすごく幸せなことなんじゃないかなって思った。

「ねぇ、とうさんはぼくのこといやじゃなかったの？」

だってぼくは華子さんと凪さんの子どもなのに。

前にスミさんと見た再放送《さいほうそう》のドラマを思い出す。あのドラマは不倫《ふりん》の話ではなかったけれど、生まれてきた子どもが、もしかしたら前の恋人《こいびと》との子どもかもしれないっていう話だった。そういう子どもを父親は育てたいなんて思えるのかなって、ぼくはそう思ったんだ。だって、ぼくといっしょにいることは、とうさんにとっては苦しいだけじゃなかったの。

とうさんはきっぱりいった。

「おれはおまえをいやだと思ったことは、ただの一度もない」

「そう？」

「あんなことになってしまったけど、華子だっておまえを愛していたよ」

「だからぼくを産んだの？」

「きっとね」

まだちゃんとそういうふうには思えないけど、華子さんがぼくを中絶《チュウゼツ》しなかったことに、ぼくは感謝《かんしゃ》しなくちゃいけないんだと思う。だってもし中絶されてしまっていたら、ぼくはとうさんにもかあさんにも会えなくて、美萌にもスミさんにも会えなかった。レンにも会えなかったし、凪さんやサキさんとも、もちろん会えなかった。そんなのはさみしすぎる。

とうさんはむかしを思い出すように、遠いところにあるなにかを見ていた。

「華子が別れたいといったとき、それなら波楽をここにおいて出ていくようにいったんだ。華子も波楽も一度にいなくなってしまったら、とうさんはきっとさみしくて耐《た》えられなかった。どんな形でもいいから、華子とつながっていたかったのかもしれない。だから、ずるかったかもしれないけど、おまえのためにというよりは、とうさんのために、おまえにはここに残ってもらったんだ。おまえのことだけ考えたら、もしかしたらおまえを手放すべきだったのかもしれない。まわりからはさんざんそういわれたよ。でも、さっきもいったが、まちがってはいなかったと思ってる」

そしてとうさんは、ひとことひとこと区切りながら、ぼくがこれからどうしたらいいかを教えてくれた。

「もし、波楽が今、これから先の人生、おまえ自身の未来を、あの人と過《す》ごしたいって、そう思うなら、そして彼《かれ》も、それを望んでいるなら、そうしてもいい。とうさんにそれを止める権利《けんり》は、たぶんない」

ぼくには選ぶ権利がある。そうなのかもしれない。

でもさ、ぼくはまだ、自分の居場所《いばしょ》をとうさんに選んでもらいたいんだよね。

ぼくはここにいていいんでしょ？　とうさんはぼくに、ここにいてもらいたいんでしょ？

ちがうの？

「もし、とうさんじゃなくて、華子さんがぼくを引きとっていたら」

ぼくはとうさんの顔を見ずに、もしもの話をはじめてみる。

「ぼくもいっしょに死んじゃってたかもしれないね」

サキさんからきいた事故《じこ》の話がほんとうなら、ぼくもいっしょに巻《ま》きこまれていた可能性《かのうせい》が高い。とうさんがうなずいた気配がした。

「そうだな。でも、事故の直前におまえが駄々《だだ》をこねて、三人で遊園地に出かけていたかもしれない。そして三人とも助かったかもしれん」

「そんなこといってたら、きりがないじゃん」

「そう、きりがないよなぁ」

とうさんは「よっこいしょ」といいながら、立ち上がった。そしてとうさんは、バルコニーの手すりに腕《うで》をのせて寄《よ》りかかりながら、ぼくにこんなことをいった。

「物語を書くっていうことはさ、パズルに似《に》ていると思うんだよな」

「パズル？」

「そう、パズル。思《おも》い浮《う》かんだ場面を、矛盾《むじゅん》のないよう注意しながら、ひとつひとつ組み立ていくことだから。最後には自分でも思いがけないような、ひとつの大きな絵ができあがる」

大きな絵。ぼくは凪さんのマーブリング・アートをイメージした。

「とうさんはさ、人生もそれとおなじだと思うんだな」

「人生と？」

「そう。一見必要のなさそうなピースでも、絵を完成させるためには絶対《ぜったい》に必要なんだ。神様はかならず、その人に必要なピースを与《あた》える。たとえば組み立てるのがあまりにやっかいで、そのピースをひどく憎《にく》んだり、消えてしまえばいいと思うようなこともあるだろう。だけどパズルを完成させるためには、やっぱりどうしてもなくちゃならない」

とうさんが憎んだピースって、凪さんのことだろうか。

おまえさえいなければって、きっととうさんは思ったんだろう。

ぼくがそう考えていると、とうさんはいった。

「勝手なことをいうようだけど、たとえおれが彼《かれ》のことをどう思おうとも、波楽には彼のことをきらいになってほしくないんだ」

「……それ、ほんと？」

「ああ、ほんとうだよ。むずかしいことかもしれない。でも波楽にはできる。波楽はおれの息子《むすこ》だからな」

「……とうさんにできないことが、なんでぼくにできるって思うんだよ。ホント、勝手なんだから」

「だから最初にいったろ、勝手なことをいうようだけどって。人の話をちゃんとききなさい。おまえは意外と、そそっかしいからな」

「とうさんにだけはいわれたくない」

「まったくだ」

ぼくたちは顔を見合わせて、笑った。

そうだね。

凪さんがいなければ、ぼくととうさんは決して出会うことがなかった。

「神様はかならず、その人に必要なピースを与《あた》える」

とうさんが口にした言葉を、ぼくもおなじようにくり返す。

「そう。たとえ、そうは思えないことがあったとしてもな」

「……そうかな」

「すくなくとも、とうさんはそう思って生きていこうと思っているよ」

ぼくは止めていた左手を動かした。今日は天気がいいから、きっと明日までに乾《かわ》くだろう。

「あのさ」

ぼくととうさんはちっとも似《に》ていないけど、そのままのぼくをとうさんが受け入れてくれるなら、ぼくはそれでいいと思ってる。ほんとうだよ。

「めがね、やっぱり作ってもいいよ」

そういったぼくの頭に、とうさんの右手が触《ふ》れる。とうさんの手のひらは、大きくて温かい。そんな単純《たんじゅん》なことが、とても特別に思えた。

バルコニーに洗《あら》った靴《くつ》を干《ほ》してリビングにもどると、美萌がソファで絵本を読んでいた。

美萌はぼくに気がつくと、ちょっとだけ顔を上げて、そしてまた絵本に視線《しせん》を落とした。

ぼくがどなった日から、美萌はぼくに話しかけてこない。

「美萌」

ぼくはソファに座《すわ》って、とうさんがぼくにしてくれたように、美萌の頭の上に手をおいた。ぼくの手はとうさんの手ほど大きくはないけど、おなじくらいに温かいといいなと思う。

「この前はごめんな。美萌はぜんぜんわるくないんだよ」

ぼくは小さな妹にやつあたりをした。だから、ごめん。

「美萌はまだ小さいから、ぼくが今からいうこと、わすれちゃうかもしれないけど」

きっといつか、ぼくととうさんのひみつを、美萌も知ることになるだろう。そのときに、どうか思い出して。

「これから先なにがあっても、ぼくは美萌のおにいちゃんだから」

＊

十一月最後の日曜日。ぼくは凪さんに会いにいった。とうさんにはやっぱりいわなかった。でも、今日ぼくがここに来ていることに、とうさんはきっと気づいているだろう。

その日、ギャラリーにはめずらしくお客さんがいて、サキさんがマーブリングについての説明をしていた。

ぼくたちはあの畳《たたみ》の部屋で、あの日とおなじようにむきあっている。今日はマーブルチョコのほかにも、スナック菓子《がし》とグレープジュースが用意されていた。

「華子は強情《ごうじょう》だったから、最後までほんとうのことはいわなかった。そのほうがきみのためだって、そう思ったのかもしれない。だからぼくもきみとおなじで、もしかしたらって、そう思っていただけなんだ」

凪さんが「父親」という感じがしないのは、年齢《ねんれい》や見ためが若《わか》いからってだけじゃなくて、もしかしてそのせいなのかなと思った。

「それじゃあ、凪さんはいつ気がついたの?」

「はじめてきみと会ったとき。きみもそうだろ?」

ぼくはうなずいた。

だってぼくたちは顔が似《に》ている。そっくりといってもいいほどに。

「そして興味《きょうみ》をもった」

ぼくも、そう。

「きみがどういう子どもなのか、自分に似ている子どもってどんなふうなのか。きみのことをもっと知ってみたいと思った。共通点が見つかるほどに、それが偶然《ぐうぜん》なんかじゃないんだって思い知ったよ。たぶんぼくはとまどって、それ以上に感動してしまったんだね。でも、いくら感動しても、もうおそいんだけど」

なにもいってあげられないから、ぼくはかわりにジュースをひとくち飲んだ。

あらたまった表情《ひょうじょう》で、凪さんは続けてこういった。

「きみのおとうさんはきみのためを思って、ぼくと縁《えん》を切らなかったんだと思うよ」

「え？　どういうこと？」

「血のつながりがある相手が、どうしても必要になることもある。たとえばきみが重い病気にかかったとき、ぼくがきみにしてやれることがあるかもしれない。可能性《かのうせい》は低くても、ありえないことじゃない」

そうなのか。とうさんはそんなことを考えていたのか。ぼくにはそんなことまでわからなかった。

「凪さんはとうさんと会ったことあるの?」

「最後に会ったのは、華子の七回忌《ななかいき》のときかな。話したりはしなかったけど」

「とうさんの本は読んだことある?」

「全部読んでるよ。ファンだから」

「えっ、ほんと?」

「……本人にはいうなよ」

凪さんは弱気に口止めしてくる。それを知ったら、とうさんはいやがるかな。それとも、よろこぶ……?

ねぇ、とうさん。ぼくと凪さんが、おたがいにいっしょにいたいと思うなら、とうさんはそうしてもいいっていったよね。だからぼくは凪さんにきくよ。

「ねぇ、凪さんはぼくと親子になりたい?」

ぼくが予想したとおり、凪さんはその質問《しつもん》には答えなかった。「答えられない」。それが凪さんの答えなんだね。

「凪さん、そんな顔しなくていいよ。ほんとうの父親がだれかなんて、ぼくにはもうどうでもいいことなんだ」

そう、ぼくは今日、これを凪さんにいいにきたんだ。

「だってぼくのとうさんは、柴田航太郎《しばたこうたろう》ひとりだけだから。……だから凪さんとはもう会わないよ。今日で最後」

「……最後？」

ささやくようにききかえした凪さんに、ぼくははっきりとうなずく。

「うん。でもぼくは好きだよ」

とうさんが凪さんとぼくを会わせてくれた。その気持ちを、ぼくは絶対《ぜったい》にむだにしない。

マジックを教えてくれた凪さんのやさしさを、わすれたくないんだ。

「凪さんのこと、すごく好きだ」

凪さんはぼくの顔を見ながら、

「憎《にく》んだっていいんだぞ」

といった。

だけどぼくは首をふる。

「そんなのいやだね」

「……好きなのに、今日が最後なの？」

「好きだから、最後なんだよ」

あの日、レンはこんなふうにいっていた。

好きだけど、いっしょにいると傷《きず》だらけになりそうだから。すごくかなしいことだけど、そういうことってあるんだな。

ぼくと凪さんがいっしょにいると、たぶん傷つく人がいる。顔にも口にも出さないけど、きっとそうなんだ。

凪さんはひとつため息をついてから、なんだかさみしそうにいった。

「しっかりしてるんだな。ぼくとちがって」

「そりゃちがうよ。ぼくはぼくで凪さんは凪さんで、いくら似《に》ているところが多くても、ぜんぜん別の人間なんだから」

ぼくは凪さんに、あのときの白いおはじきを渡《わた》した。伝説のマーブルチョコだ。

「ねぇ、もう一回やってくれる？」

華子さんの夢《ゆめ》を見たあの朝から、ヒステリー球は続いている。

今日でおしまいにしよう。ぼくはマフラーを外した。

あのときとおなじように、勢《いきお》いよく後ろに倒《たお》れこんだ凪さんを、ぼくは左手で助け起こす。

そのとき、ぼくは思い出した。

はじめて会ったとき、握手《あくしゅ》をしたよね。凪さんから差し出された手は、たしかに左手だった。

急須《きゅうす》がうまく使えないのは、きっとこの人もおなじ。ワークショップの日にマーブリングをする凪さんを見て、ぼくはこの人が左ききだってことに気がついた。

ぼくはそのまま凪さんの手を強く握《にぎ》りしめた。

「幸せになってよ、凪さん」

凪さんが自分で自分に強い魔法《まほう》をかけたって、サキさんがそういっていた。

たとえば声をあげて笑うこと。

明るい色の絵を描《か》くこと。

自分の足で歩くこと。

それからたぶん、結婚《けっこん》して、子どもを育てること……？

全部、全部、凪さんはこれからかなえられる。かなえていいよ。

神様、きいてる？　とうさんが許《ゆる》せなくても、ぼくが許すから。

とうさんのために、ぼくのために、ぼくにはどうしても凪さんに伝えなきゃいけないことがあった。

それは、ぼくが今とても幸せだってこと。

ぼくがすごく幸せだったら、この人が自分で自分にかけた魔法《まほう》も、きっと解《と》けるんじゃないのかな。

ぼくは凪さんのせいで不幸になったりなんかしない。誓《ちか》うよ。

「凪さん、これからもたくさん描《か》いて」

ぼくたちには似《に》ているところがたくさんある。ぼくに絵の才能《さいのう》があるとしたら、それは凪さんのおかげだ。ぼくは凪さんの絵が好きだよ。

つながれた左手は、大きくて温かい。もちろん、とうさんには負けるけどね。

「リハビリもちゃんとやってね。……あと、サキさんがさっさとプロポーズしてほしいって」

「えっ」

「ぐずぐずしてると、今度はだれかにとられちゃうかもよ」

そう、ぼくはベストセラー作家の息子《むすこ》だから、こんなふうに笑えないジョークをとばすことだってできるんだ。

気をつけます、と、小さくなった凪さんは、次の瞬間《しゅんかん》、ぼくにつられてちょっとだけ笑った。

エピローグ

十一月が終わろうとしていた。

街でマフラーをしている人が増《ふ》え、クリスマスの飾《かざ》りが目立つようになる。

だけど、もうすこし寒くなるまでは、ぼくはあの黒いマフラーをしないことに決めた。なんとなくそうしたいと思ったから。

ヒステリー球はきっともう現《あらわ》れない。

でもぼくは念のため、凪《なぎ》さんにもらった白いおはじき《マーブル》を、お守りの袋《ふくろ》にいれて持ち歩いている。

レンの受験まであと二か月だ。ぼくとゲームをする時間は、だんだんすくなくなってきた。

卒業アルバムの裏表紙《うらびょうし》には、色ちがいのマーブル模様《もよう》。須藤《すどう》や芦原《あしはら》はそれを見てなにかいいたそうな顔をしたけど、ぼくはもう気にならなかった。

おなじ中学にいきたかったって、あのときレンはそういってくれたけど、ぼくはむしろこれでよかったと思う。

これから先、ぼくたちがいっしょにいることは、今までよりもたぶんもっとむずかしくなる。ぼくのこの気持ちは、どこかでレンを傷《きず》つけてしまうかもしれない。

だからぼくたちは別々の道をいく。

それでも、きっとレンはぼくを待っていてくれると思うんだ。図工の時間にふたりで左手をふったあの日から、ぼくにはレンが、レンにはぼくが、おたがいに特別だった。「特別」の意味はすこしちがったみたいだけど、それでも、ぼくがレンを信じているように、レンもきっと、ぼくを信じてくれている。

だからあと四か月、いろんなことを話そうな。

明日から十二月。一か月ぶりにかあさんが帰ってくる。

置き場所にこまる民族楽器とか、日本人の口には合いそうもないお菓子《かし》とか、いつもとおなじでへんなもんばっか買ってくるんだろう。それを見てはしゃぐ美萌《みも》と、うれしそうなとうさんと、スミさんのあきれ顔が、簡単《かんたん》に想像《そうぞう》できる。

ぼくはそこでどんな顔をしているだろう。

この十一月になにがあったのか、いつかとうさんとかあさんと、そして美萌とも、話せる日がきたらいいなと思う。

はじめにもいったけど、あのときぼくがあの葉書を見つけなければ、この十一月はまったくちがうものになっていただろう。

とうさんが資料《しりょう》をわすれなければ。コーヒーが切れていなければ。あの日がスミさんの出勤日《しゅっきんび》だったなら。

すべては小説家のとうさんの筋書《すじが》きどおりだったのか？　それともただの偶然《ぐうぜん》？

どちらにしても、いくつもの出来事が重なりあい、影響《えいきょう》を与《あた》えあって、人生は進んでいく。人生が一枚《まい》のキャンバスだとしたら、そこには無限《むげん》の可能性《かのうせい》がある。

これから先、毎年十一月になると、きっとぼくは凪さんを想《おも》うだろう。年の終わりが近づいて、マフラーをつけはじめるこの季節。年に一度の挨拶《あいさつ》を考えるのに、それはちょうどいいころだ。

決めたことがふたつある。

まずひとつめに、差出人の名前を書かないこと。これはぼくの倫理的《りんりてき》な判断《はんだん》。

そしてもうひとつは、かならず明るい色を選ぶってこと。それがぼくからのメッセージ。

文章はいらない。それだけできっと伝わるから。

小さな白いキャンバスを、偶然《ぐうぜん》に見える必然がうめつくす。

戸森《ともり》しるこ

1984年、埼玉県生まれ。武蔵大学経済学部経営学科卒業。東京都在住。『ぼくたちのリアル』で、第56回講談社児童文学新人賞を受賞し、デビュー。同作は児童文芸新人賞、産経児童出版文化賞フジテレビ賞を受賞。2017年度青少年読書感想文全国コンクール小学校高学年の部の課題図書に選定された。その他の作品に『十一月のマーブル』『理科準備室のヴィーナス』『おしごとのおはなし　スクールカウンセラー　レインボールームのエマ』『ぼくの、ミギ』『ゆかいな床井くん』（全て講談社）などがある。

宮尾《みやお》和孝《かずたか》

1978年、東京都生まれ。イラストレーター。装画を手がけた作品に、「チーム」シリーズ（吉野万理子作、学研プラス）、「The MANZAI」シリーズ（あさのあつこ作、ポプラ文庫ピュアフル）、『パンプキン！ 模擬原爆の夏』（令丈ヒロ子作、講談社）、『だいじょうぶ3組』（乙武洋匡作、講談社青い鳥文庫）などがある。

十一月《がつ》のマーブル

2016年11月14日　第１刷発行
2022年10月３日　第５刷発行

発行所　株式会社 講談社
〒112-8001
東京都文京区音羽 2-12-21
電話　編集 03-5395-3535
　　　販売 03-5395-3625
　　　業務 03-5395-3615

KODANSHA

著者　戸森《ともり》しるこ
発行者　鈴木章一
装丁　城所潤（JUN KIDOKORO DESIGN）
印刷所　株式会社 精興社
製本所　株式会社若林製本工場
本文データ制作　講談社デジタル製作

N.D.C.913 191p 20cm ISBN978-4-06-220304-3

本書は書きおろしです。